DREAMBOOKS★

DREAMBOOKS★

천라검형

天羅劍形

한성수 신무협 장편소설

ORIENTAL FANTASY STORY & ADVENTURE

3

dream books
드림북스

천라검형 3 과거의 화살! 칠 년의 세월!

초판 1쇄 인쇄 / 2014년 12월 19일
초판 1쇄 발행 / 2014년 12월 26일

지은이 / 한성수

발행인 / 오영배
책임편집 / 편집부
펴낸 곳 / (주)삼양출판사 · 드림북스

주소 / 서울특별시 강북구 솔샘로67길 92
대표 전화 / 02-980-2112 팩스 / 02-983-0660
편집부 전화 / 02-980-2116 팩스 / 02-983-8201
블로그 / blog.naver.com/dreambookss

등록번호 / 제9-00046호
등록일자 / 1999년 3월 11일

값 8,000원

ISBN 979-11-313-0183-8 (04810) / 979-11-313-0180-7 (세트)

* 지은이와 협의하에 인지는 생략합니다.
* 잘못된 책은 구입한 곳에서 바꾸어 드립니다.

이 도서의 국립중앙도서관 출판시도서목록(CIP)은 서지정보유통지원시스템홈페이지
(http://seoji.nl.go.kr)와 국가자료공동목록시스템(http://www.nl.go.kr/kolisnet)에서
이용하실 수 있습니다. **(CIP제어번호: 2014036829)**

천라검형 3

칠 년의 세월!
과거의 화살!

한성수 신무협 장편소설

ORIENTAL FANTASY STORY & ADVENTURE

dream books
드림북스

천라검형

목차

1장

호접몽(胡蝶夢)

맨 처음.

나현은 흥분해 있었다.

눈앞에서 자소궁이 활활 불타오르고 있는 광경을 보고 잔뜩 어깨에 힘이 들어갔다.

— **남존 무당!**

근래 성세가 예전 같지는 못해졌다곤 하나 무림 중에 유일하게 소림사와 어깨를 나란히 하는 무당파였다. 무림에 적을 두지 않은 창위의 무인이었으나 그 명성을 모르진 않았다. 어찌 됐든 병부나 창위를 비롯한 관부에 이미 상당수의 명문 무림인들이 자리를 차지한 지 오래이기 때문이다.

그래서 부영반 주약린을 따르며 내심 기대했었다.

오랜 세월 창위에서 갈고 닦은 자신의 무학을 무당파를 상대로 마음껏 발휘할 기회를 잡았다는 판단이었다. 적어도 몇 명의 무당파 고수는 무작정 때려잡고 볼 작정이었다.

한데 현실은 냉혹했다.

무당파 자소궁으로 달려들자마자 그는 무당파의 고수가 아니라 학도 구손을 만났다. 그리고 그의 손에서 칠성보검을 빼앗으려다 이름도 들어보지 못한 호검관의 관주 적천경이란 무인한테 얻어맞고 포로가 되었다.

대굴욕이다!

예상치 못한 대참사였다!

그래서 나현은 대영반의 새로운 명령을 받은 후 새삼스레 의지를 불태웠다. 반드시 무당파와 적천경에게 단단히 본때를 보여주리라 마음먹은 것이다.

그리고 지금 자소궁이 그의 철저하고 훌륭한 성동격서에 의해 정벌되었다. 거대한 화마(火魔)에 집어삼켜져 곧 한 줌의 재로 변해버릴 터였다.

'그런데 왜 이렇게 마음 한구석이 찜찜한 거지?'

이상한 점을 눈치챈 건 그리 오래 지나지 않아서였다.

천뢰작열탄을 있는 대로 사용해 불 질러버린 자소궁의 도관들!

그것들이 시간이 지나도 그대로였다.

우왕좌왕하며 불길 속을 뛰어다니는 무당파 도사들 역시 마찬가지다. 그들은 명문의 제자답지 않게 나현이 이끄는 황천지멸대에 변변찮은 저항조차 보이지 못했다. 그냥 불길 속에서 부나방처럼 이리저리 서성거릴 뿐이었다.

이상한 일이다!

이해가 가지 않는 일이었다!

여기까지 생각한 나현은 천천히 눈앞의 자소궁을 살펴봤다. 흥분된 마음을 가라앉히고 평상시의 객관적이고 냉정한 자신으로 돌아간 것이다.

'두 번째…… 아니, 세 번째인가?'

나현의 표정이 일그러졌다.

봤다.

보고야 말았다.

불타고 있는 자소궁에서 뛰어다니는 무당파 도사들이 똑같이 움직이고 있는 모습을.

그러니 상황은 자명하다.

간단히 정리되었다.

나현과 그가 이끄는 황천지멸대는 완전히 헛다리를 짚고

있음에 분명했다. 어떻게 이런 일이 가능한지는 모르겠지만 분명 그랬다. 도깨비한테 홀린 것처럼 무당파의 중심인 자소궁에서 제대로 뒤통수를 맞아 버렸다.

'진법? 환술? 어떤 것이든지 간에 좋지 않다! 당장 수하들을 이끌고 이곳에서 벗어나야만 한다!'

내심 버럭 소리친 나현이 평상시처럼 손을 들어 올리려다 생각을 달리했다. 이미 무당파의 보이지 않는 진법가 혹은 환술가에게 농락을 당하고 있었다. 즉, 자신의 일거수일투족은 하나도 빠짐없이 관찰되고 있다고 보는 편이 옳을 터였다.

'조심스럽게 움직인다! 그리고 어떻게든 살아남고야 말 것이다!'

최종 결론이다.

그렇게 상황 정리를 끝마친 나현이 조심스럽게 움직이기 시작했다. 수하들 하나하나와 개인적으로 접촉해서 자소궁을 빠져나갈 작정을 한 것이다.

*　　*　　*

천사도(天師道).

수천 년 동안 중원에 이어져 온 도교의 특이한 일맥 중 하나로 장릉에 의해서 창시되고, 그의 아들 장형, 손자인 장노에게 계승되었다.

그 교법은 부적(符籍), 참회(慙悔)에 의한 치병(治病)으로, 신자로부터 오두의 쌀을 바치게 하였기 때문에 오두미도(五斗米道)라고 불렸다.

후에 장릉의 자손은 강서(江西)의 용호산(龍虎山)을 본거지로 하고, 제 삼십육 대 천사(天師) 장종연 때 원조(元朝)의 지지를 얻어서 강남에 교세를 확장하고, 새로이 정일교(正一敎)라 교명을 정했다.

그러나 당대에 이르러 천사 장종연을 개조(開祖)로 하는 정일교는 유명무실한 존재가 되었다. 명제국이 들어선 후 원의 지원을 받았던 여타 종교단체와 마찬가지로 정일교 역시 교세가 크게 위축되었기 때문이다.

물론 천사 장종연과 관련된 정일교에 관한 얘기다.

— **장천사!**

적천경의 사부가 만났던 그는 천사도의 일맥을 이었다는 했을 뿐 정일교와는 큰 관련이 없는 사람이었다. 어쩌면 실제 천사도 일맥인 장씨 집안과도 별개의 인물일지도 모른다. 도가 일맥을 수행하는 자들 중 꽤나 많은 자들이 당시

천사도의 제자임을 사칭하고 다녔으니까 말이다.

그래도 적천경의 사부는 꽤나 길게 장천사에 대해 얘기했다.

일평생 중 유일한 호적수!

뿐만 아니라 다른 의미론 존경하기까지 했다. 자신이 선택한 무학의 길과는 상반된 '활인(活人)의 도(道)'를 그는 걷고 있었기 때문이다.

'그런데 장천사가 걷는다던 활인의 도가 이런 것이었으리라곤…….'

사부에게 전해 들었던 장천사와 관련된 사항을 떠올리며 적천경이 눈살을 가볍게 찌푸려 보였다.

눈앞의 건문제 주윤문!

하지만 지금 그는 장천사였다.

사부에게 수명을 늘리는 금단의 방술을 전해 줬다더니, 자기 자신도 타인에게 기생하고 있었다. 활인의 도를 구한다던 구도자(求道者)와는 너무나 거리가 먼 모습이라 할 수 있겠다.

그때 장천사가 빙긋 미소 지었다.

"그래, 사부께서는 무탈하신지 모르겠구만?"

"불민한 제자라 사부님을 뵙지 못한지 벌써 팔 년이 넘어가고 있습니다."

"어째서 말투가 바뀌었는가?"

"당신이 사부님께서 인정한 호적수이기 때문입니다."

"호적수라……."

장천사가 묘한 표정으로 적천경을 바라봤다.

그냥이 아니다.

그의 물빛 시선은 조용하면서도 집요하게 적천경의 전신을 훑어갔다. 마치 겉으로 드러나지 않는 실제 마음, 그 자체를 눈으로 볼 수 있다고 여기는 것 같다.

잠시뿐이다.

곧 그가 적천경에 대한 응시를 거두고, 눈가에 자글거리는 주름을 만들어 냈다.

"……그렇게 말해 주었다니 고마운 일이로군. 자네 사부는 고인의 심득을 자신의 것으로 만들었을 뿐더러 스스로 새로운 일가를 이뤄 낸 사람인데 말야."

"……."

"하지만 의외로군."

"……."

"완벽주의자였던 자네 사부가 불완전한 제자를 세상에 내보냈다니 말야."

'불완전한 제자…….'

적천경의 안색이 가볍게 변했다. 장천사가 한 말의 의미가 아플 정도로 가슴에 와 닿았기 때문이다.

그래서였을까?

우웅!

그의 손에 들려 있던 멸천뇌운검이 갑자기 울음을 토해 냈다. 가느다란 떨림과 함께 노한 듯 분한 듯 장천사를 향해 요기와 같은 기운을 뿜어냈다.

그리고 일어난 붉은 기운!

스파앗!

갑자기 폐검이나 다름없던 멸천뇌운검의 녹슨 검신에 검기가 돌아왔다. 자색 뇌전이 살아 있는 것처럼 검신 전체를 뒤덮더니, 순식간에 적천경의 전신을 그림자로 가둬 버렸다.

"……우웃!"

적천경이 신음을 토해 냈다.

그럴 수밖에 없었다.

자색 뇌전!

본래의 검기를 회복한 멸천뇌운검의 기운은 급격히 강해졌다. 흡사 오랜 잠에서 깨어난 것처럼 용트림을 일으키며 마구 진동을 일으켰다.

게다가 무지막지하게 밀려던 역도(逆道)!

멸천뇌운검을 잡고 있던 적천경의 손으로 상상키 어려운

기운이 밀려들어 왔다.

검기(劍氣)? 마기(魔氣)? 사기(邪氣)?

어떤 것도 비슷하지 않다.

그냥 미증유의 거력이 적천경의 체내를 휘저었다. 그의 전신을 자신의 기운으로 채워버리려 했다.

당연히 적천경도 이에 대응하지 않을 수 없다.

스파앗!

그가 멸천뇌운검을 들어 올렸다. 무한히 진동하고 있는 자색 뇌전의 덩어리로 허공에 몇 차례 검초를 펼쳐냈다.

— **호검팔연식!**

호검관에서 보낸 지난 칠 년여간의 기록!

스스로 독창해낸 자신만의 검기(劍技)로 적천경은 멸천뇌운검의 난동을 억제하려 했다. 처음 만났을 때와는 완전히 달라진 자신을 이해해 주길 바란 것이다.

그러자 멸천뇌운검이 반응을 보였다.

변화?

그보다는 수긍이었다.

적천경의 호검팔연식에 따라서 자색 뇌전의 검기가 빙글거리며 춤을 췄다.

검무(劍舞)!

순간 적천경은 멸천뇌운검과 함께 하나가 되었다. 검신합일을 이룬 채 호검팔연식의 무수히 많은 변형 검초를 쏟아 내었다. 그렇게 함으로써 자신이 잃어버렸던 어떤 것을 되찾으려 했다.

그리고 막 그렇게 되기 직전이었다.

팟!

적천경의 검무가 멈췄다.

멸천뇌운검에 깃들어 있던 자색 뇌전!

그 역시 소멸했다.

마치 거짓말처럼 사라져서 흔적조차 남기지 않았다. 다시 예의 날에 이가 빠지고 녹이 슨 폐검으로 돌아가 버렸다.

부들!

적천경의 눈꺼풀이 떨렸다.

언제부터 감겨 있었던 것일까?

그보다는 방금 전까지 그가 행했던 검무는 꿈인가, 현실인가!

분별이 가지 않는다.

지극한 혼란 속에 적천경이 멸천뇌운검을 바닥에 내려뜨린 채 눈을 떴다.

"아쉽게 되었구만. 하지만 자네와 내 연(緣)이 여기뿐이니 어쩔 것인가? 어쩌면 자네 사부 역시 그 같은 도리를 알기에 미숙한 상태의 제자를 세상에 내보낸 것일 테지."

"……."

적천경이 침묵에 빠져 장천사를 바라봤다. 혼란 속에서도 그가 한 말의 진의를 파악하려 했다.

선연? 악연?

무엇인지 잘 모르겠다.

그러나 장천사를 만난 후 잠시나마 멸천뇌운검이 본래의 검기를 회복했다. 자신 또한 그 검의 공명을 느끼며 무아지경(無我之境) 속에 검무를 추었다. 그렇게 조금만 더 시간이 지나갔으면 신마혈맹의 혈천등선로에서 잃어버렸던 검을 되찾을 수 있을 것 같았다. 이제 손만 뻗치면 닿을 수 있는 거리였다.

'분명 그랬는데…….'

허무감이 밀려들었다.

지난 칠 년여간 포기했다고 생각했는데 착각이었다. 뻔한 거짓말이었다.

검을 잃어버린 후…….

지금까지 단 한순간도 적천경은 포기하지 않았다. 격류와 같은 열망을 가슴속에 담아둔 채 호검팔연식을 갈고 닦았다. 자신이 잃어버린 것을 되찾기 위해 세월이란 용광로 속에서 줄곧 담금질하고 있었다.

'……이렇게 끝나는 것인가?'

그때 나직한 도호가 울려 퍼졌다. 바닥에 처박혀 있던 구손이 천천히 신형을 일으켜 세우고 있었다.

"무량수불! 장자(莊子)님께서 어느 날 낮잠을 주무시다 꿈을 꾸셨습니다. 나비가 되어 꽃들 사이를 즐겁게 날아다니셨지요. 그러다가 문득 깨어 보니, 자신은 어느새 장자가 되어 있었습니다. 그러니 장자님께서 꿈속에서 나비가 된 것인지, 아니면 나비가 꿈에 장자가 된 것인지 구분할 수 있겠습니까?"

'호접몽?'

"장자님께서는 나비와 분명 별개의 것이건만 그 구별이 애매함은 무엇 때문일까요? 이는 사물이 변화하기 때문입니다. 꿈이 현실인지 현실이 꿈인지, 도대체 그 사이에 어떤 구별이 있는 것인가요? 장자님과 나비 사이에는 피상적인 구별, 차이는 있어도 절대적인 변화는 없다고 할 수 있을 것입니다."

장자.

제물론편(齊物論篇)에 나오는 이야기로 도가에서는 유명한 고사 중 하나인 호접지몽!

뜬구름을 잡는 듯한 구손의 설명에 적천경의 표정이 일신(一新)되었다.

포기?

거의 직전까지 도달해 있었다.

이제 한 걸음만 더 나아가면 검을 깨끗이 마음속에서 놓아 버렸을지도 모른다.

그러나 그 바로 직전에 걸음을 멈췄다.

구손.

그의 호접몽 강론이 칠 년여의 세월을 격하고 찾아온 허무감을 날려 버렸다. 거의 수중에서 벗어났던 검을 다시 붙잡을 수 있는 힘을 준 것이다.

그러자 장천사의 잔주름 가득한 눈가에 다시 짙은 눈웃음이 떠올랐다.

"허허, 무당! 무당의 맥은 과연 현세에도 끊임없이 이어지는도다!"

"과찬의 말씀. 그러니 진인(眞人)께서는 이만 물러가심이 어떠십니까?"

"물러가라?"

"예, 인간계의 일에 끼어드실 연배는 지나신 것 같아서 하는 말입니다."

"따끔한 충고로구만."

"충고라기보다는 충정이라고 받아들여 주십시오."

"생각보다 재밌는 친구로군. 뭐, 한동안 원무신의 그늘에서 쉬었으니 이 역시 내 받아들여야만 할 일일 테지."

"감사합니다."

구손이 정중하게 허리를 숙여 보였다. 그러자 장천사가 적천경에게 한차례 시선을 던지고 아지랑이처럼 사라졌다. 처음 나타났을 때와 마찬가지로 순식간에 말이다.

번쩍!

적천경이 눈을 떴다.

'눈을 떠?'

새삼스러운 자각과 함께 눈에 강한 안광이 실렸다.

지금, 이 순간!

현실 속에 자신이 자리하고 있는지를 알아야만 했다. 그러기 위해 정신을 집중했다.

꽈악!

그러자 손에 힘이 들어간다. 최후의 최후까지 끝내 놓지 않았던, 놓기를 거부했던 자신의 친구를 그렇게 확인했다.

멸천뇌운검!

아주 친숙한 모습이다.

자색 뇌전을 잃어버린 폐검의 민낯을 그대로 드러낸 채

적천경을 있는 그대로 받아들이고 있었다.

'수줍은 새색시 같은 모습이로군!'

적천경이 내심 피식 웃었다.

멸천뇌운검의 변함없이 못난 민낯이 꽤나 귀여웠다. 절세미녀에 결코 못하지 않을 정도로 마음에 들었다. 잃어버릴 뻔했던 얼굴이기에 더욱 각별하게 느껴졌다.

그때 구손이 적천경을 빤히 바라보다 조심스레 말했다.

"적 관주님, 괜찮으신 겁니까?"

"……."

"괜찮으신 것 같군요. 다행입니다. 휴우!"

진심으로 안도의 한숨을 내쉬는 구손을 향해 적천경이 수중의 멸천뇌운검을 뒤집어 검례를 취해 보였다.

"모두 구손도장의 덕분이오!"

"그저 인연일 뿐입니다."

"그런데……."

잠시 말끝을 흐린 적천경이 확인하듯 물었다.

"……혹시 오늘 벌어진 일도 점괘로 알고 있었던 것이오?"

"설마요!"

몇 차례에 걸쳐 손을 흔들어 보인 구손이 정색을 한 채 말했다.

"사실 빈도는 지금까지 무당산에 이런 괴물이 살고 있었다는 것도 모르고 있었습니다. 오늘 그 괴물을 떠나게 한 건 모두 무당산의 거령신과 원무대신님의 가호가 있었기 때문일 것입니다."

"괴물이라……."

"괴물입니다! 도를 깨달은 괴물이요!"

연달아 목소리를 높인 구손이 갑자기 깨달은 듯 손바닥으로 이마를 가볍게 쳤다.

"아하! 그랬었군! 그랬어!"

"……."

"아? 별거 아닙니다. 평상시 빈도가 금전의 노야와 교유(交遊)하는 동안 종종 수수께끼를 풀며 놀기를 즐겼는데, 오늘에서야 내내 궁금하던 미제(未濟) 하나를 해결하게 되었습니다."

"미제?"

"하하, 그냥 흔한 도사들끼리의 얘기입니다. 불로장생(不老長生)에 대한."

"……."

적천경이 한차례 고개를 끄덕여 보이고 더 묻지 않았다.

괴물과 불로장생!

연달아 구손이 장천사에 대해 내뱉은 말로 대충 알 것 같았다. 그들이 나눈 수수께끼와 그 해답에 대해서 말이다.

'그리고 그건 내가 상관할 영역은 아닐 것이다. 사부님 또한 과거 그리 생각하셨을 테고.'

아내 소연정의 죽음이 떠오른다.

자신의 무력함과 함께 남의 육체를 빌려 인세에 수백 년간 머물러 있는 장천사에 대한 혐오가 끓어올랐다. 자연의 섭리를 어기면서까지 불로장생에 집착하는 자에게 구도란 결코 어울리지 않았기 때문이다.

팟!

적천경이 멸천뇌운검으로 방금 전 장천사가 존재했던 공간을 한차례 베어냈다.

폐검이 만들어 낸 서늘한 예기!

순식간에 밤의 대기에 생채기를 낸다. 장천사란 존재 자체를 처음부터 없었던 것처럼 만들어 버렸다.

휙!

그 후 검을 거둔 적천경이 자소궁을 바라봤다.

여전히 크게 넘실거리고 있는 불꽃!

자세히 보니, 불꽃이 피어난 장소는 자소궁이 아니라 그 앞마당이었다. 자소궁의 바로 앞에 존재하고 있던 삼림의 일부가 활활 타오르고 있는 것이다.

'어째서 저런 곳에 불을 지른 것이지?'

구손이 적천경의 의문에 명쾌한 답을 내려줬다.

“도를 깨우친 괴물이 무당에 선물을 남겨 놓고 떠나갔군요.”

“선물?”

“무당파가 겪을 마지막 액(厄)을 막아준 것입니다. 이로써 삼재(三災)가 무사히 지나갔으니 이후 백 년 동안 무당파에는 그리 큰 문제는 없게 되었습니다.”

“…….”

“앗! 결국 또 점괘 타령을 하고 말았습니다. 이제 곧 삼경이 끝날 테니, 슬슬 적 관주님의 고단했던 하루도 끝이 난 것 같습니다.”

“…….”

“인연을 찾아서 손님이 찾아오셨으니, 함께 처소로 돌아가 쉬시라는 말씀입니다.”

‘손님?’

적천경이 구손의 말에 눈을 빛내고 문득 고개를 자소궁 쪽으로 돌렸다.

그러자 어느새 그곳에 모습을 드러낸 황조경.

그녀가 달빛을 가로지르며 적천경을 향해 달려오고 있었다. 가슴을 가볍게 들썩이면서 말이다.

‘이런! 이런! 내가 이젠 월하빙인(月下氷人) 노릇까지 하

려는 것인가?'

구손이 적천경과 황조경을 바라보며 빙긋 웃어 보였다.

*　　*　　*

퍽!

"……."

퍽!

"……."

점차 강해져가는 발길질을 나현은 묵묵히 견뎌내고 있었다.

애걸? 변명?

그딴 건 결코 용납되지 않는다. 그런 것이 통할만한 상대가 아니란 건 오랜 경험을 통해 잘 알고 있었다.

'자칫 잘못했다간 빌미를 제공하게 된다! 그러면 그때부터 나에겐 지금과는 비교도 되지 않는 지옥이 시작되고 말 거야!'

굳게 결심한 나현이 입을 꽉 다문 채 양손을 동원했다. 혹시라도 잇새로 작은 신음이라도 흘릴까 걱정되었기 때문이다.

그러자 그의 머리를 발로 짓밟은 채 서 있던 주약린의 눈에 미묘한 주름이 형성되었다.

"역시 나 대주야."

"……."

"이런 근성이 있으니 놀랍게도 내 명령을 거역할 생각을 한 것일 테지?"

"……."

"그래, 그렇게 계속 손으로 입을 막고 있어. 아니면, 내가 아예 그 쓸모없는 혓바닥을 뽑아버려 줄까?"

움찔!

처음으로 나현이 반응을 보였다. 그러자 마치 기다렸다는 듯 움직인 주약린의 손가락!

파팟!

순간적으로 나현의 견정혈과 완혈을 때리더니, 턱을 확 잡아챘다.

"컥!"

"입 벌렸네?"

주약린이 활짝 미소 지었다.

버둥! 버둥!

나현은 그녀에게 찍어 눌린 채 사지를 애처롭게 이리저리 비틀어대고 있었다. 혀가 어느새 쑥 잡아당겨 지고 있었다. 기다랗고 섬세한 손가락이 상상을 초월할 만큼 무섭다.

진짜 순식간에 혓바닥을 뽑아버릴 것만 같다.

'아오! 이 미친년! 그냥 이년을 이 자리에서 죽여 버리고 새외로 도망쳐 마적(馬賊)이나 되어 버릴까?'

나현은 진심으로 고민했다.

방금 전 얻어맞은 견정혈과 완혈!

미리 진기를 움직여 대비했기에 별다른 타격이 없었다. 그냥 봉맥당한 척 해준 것뿐이었다.

당연히 반격이 가능하다.

자신의 몸 위에 올라탄 주약린을 밀쳐내고 소중한 자신의 혀를 구해낼 수 있었다. 황제의 총애를 받는 직속상관을 제거할 각오만 선다면 말이다.

그때 나현의 고민을 해결해 주는 목소리가 들려왔다.

"부영반, 그쯤 해 두는 게 어떤가?"

'이 목소리는!'

나현이 혀를 쑥 빼문 상태로 눈물을 주르륵 흘렸다. 구원자가 나타났기 때문이다.

주약린은 나직이 혀를 찼다.

"쳇! 나 대주, 운 좋은 줄 알아!"

"……."

나현이 힘겹게 고개를 주억거리자 주약린이 그의 혀를 놔주고 자리에서 일어섰다. 그리고 뒤끝이 남았는지 발로 옆구리를 걷어찬다.

빠악!

나현이 닫으려던 입을 크게 벌린 채 게거품을 뿜어냈다. 여태까지 얻어맞았던 것 모두를 합친 것만큼의 고통에 절반쯤 의식의 끈을 놓아 버린 것이다.

그러거나 말거나 주약린이 그를 뒤로 한 채 나현의 구원자가 된 목소리의 주인을 향해 걸어갔다. 절세의 미모가 살짝 굳어져 있다.

"대영반 합하가 북경을 떠나서 이런 시골까지 무슨 일로 오셨을까요?"

"사사로이 도지휘사사의 병사를 차출한 부영반이 할 말은 아닐 것 같네만?"

"설마 절 잡아오라는 황제 폐하의 어명이라도 받아 오신 건지요?"

"만약 그랬다면 계속 내 앞에서 그런 건방진 표정을 짓게 하진 않았을 것이다!"

사십 대 후반의 나이.

금의위 특유의 복색에 특징적인 기다란 대도.

얼굴 전체에 냉기가 흐르는 금의위 대영반 패천마도 팽무결의 말에 주약린이 슬쩍 입가에 호선을 그려냈다.

"아! 어명도 없이 수천리 길을 한달음에 달려오신 거로군요?"

"무슨 말을 하고 싶은 것이지?"

"글쎄요?"

어깨를 가볍게 추어보인 주약린이 품에서 구룡보검을 꺼내 팽무결에게 집어던졌다.

"감히!"

"실수하셨어요. 차라리 그런 쇠붙이 따위가 아니라 악명이 자자한 황천마도귀(皇天魔刀鬼)를 보냈으면 창위의 체면이 상하는 일은 발생하지 않았을 텐데……."

구룡보검을 회수해 품에 집어넣은 팽무결이 다시 특유의 냉기를 회복한 채 말했다.

"창위의 체면을 손상시킨 건 나 대주일 텐데?"

"……그런 식으로 일을 처리하실 작정이시로군요?"

"그렇게 못할 것 같은가?"

"뭐, 충분히 짐작할 수 있는 일이었지요."

다시 어깨를 추어보인 주약린이 여전히 바닥에 자빠져 있는 나현을 힐끔 바라봤다.

팽무결의 의도는 뻔하다.

그는 애초부터 독단적으로 북경을 벗어나 무당파에 병사를 이끌고 온 주약린을 벌줄 생각이 없었다. 이상할 정도로 황제의 총애를 받고 있는 그녀의 죄과를 보고해 봐야 자신에게 도움될 것이 없다는 판단을 내렸기 때문이다.

그러나 그녀에 의해 창위의 고수와 도지휘사사의 수천이 넘는 병마가 무당파를 치기 위해 동원된 상태였다. 그 와중에 성조 황제의 칠성보검의 권위 역시 손상을 입힌 만큼 속죄양이 될 자가 필요했다.

'그러게 왜 대영반 같은 나쁜 놈한테 붙은 거람? 내가 그렇게 잘해 줬는데 말야!'

나현이 들었다면 결단코 납득치 못했을 말을 내심 중얼거린 주약린이 천천히 신형을 돌려세웠다.

어차피 귀신이 산다고 알려진 창위에선 일상적인 일이다.

황제의 기괴한 총애!

그것이 만약 어느 날엔가 거둬진다면 대영반의 차가운 칼날은 곧장 자신을 향하고야 말 터였다.

'그러기 전에 할아버님을 찾아야 할 텐데…….'

수일 전 금전에서 감쪽같이 자취를 감춘 건문제!

그를 떠올리며 주약린이 눈앞의 군영을 향해 천천히 걸어갔다. 이미 그녀의 뇌리 속에서 꽤나 오랫동안 자신을 수행했던 나현에 대한 아쉬움은 깨끗이 사라진 지 오래였다.

*　　*　　*

청심원(清心院).

무당파의 태자파에 있는 도관 중 한 곳인 이곳은 까마득한 절벽에 위치해 있다. 무당파에서도 귀빈이 아니면 내주지 않는 요지라고 할 수 있겠다.

무당산의 산허리를 따라 흐르는 용을 닮은 구름!

얼마 전 내린 빗물의 여운을 눈으로 확인하며 청심원의 창가에 몸을 기대고 있던 적천경의 눈에 이채가 어렸다. 청심원의 문 바로 앞에서 서성거리고 있는 작은 기척을 눈치챘기 때문이다.

'그녀답지 않은 행동이로군.'

우연일까?

아니면 필연일까?

금전의 노야!

과거 건문제 주윤문이었던 장천사를 만난 후 적천경에겐 작은 변화가 있었다.

기감의 확장!

검을 잃어버린 후 같이 녹이 슬었던 기감이 갑자기 변화했다. 자신의 의도와 관계없이 평소보다 훨씬 넓은 범위까지 자연스럽게 확장되었다. 예전과는 달리 주변 변화에 극도로 예민한 반응을 보이게 된 것이다.

그 결과, 적천경은 창밖을 바라보는 상황에서도 청심원의 문 앞에서 서성이고 있는 여인의 기척을 파악해냈다. 그녀의 망설임과 고심 어린 태도를 속속들이 짚어낼 수 있었다.

흡사 초능력에 가깝달까?

세세히 여인의 특징을 어루만져 가다보니 곧 정체를 알아낼 수 있었다. 무당파에 도착한 날부터 적천경과는 꽤나 깊은 인연을 맺은 터였기 때문이다.

그때 적천경의 의혹을 풀어주기라도 하려는 듯 방문이 열리며 한 명의 여도사가 들어왔다.

'응?'

그에 맞춰 창가에서 신형을 돌려세운 적천경의 눈에 이채가 어렸다.

푸른 기운이 감도는 도복.

도관으로 단정하게 가다듬어진 긴 머리.

허리에 가지런히 머물러 있는 태극진검까지…….

그의 눈앞에는 어느새 한 명의 무당 도사가 된 우인혜가 서 있었다. 처음 봤을 때와는 완전히 달라진 모습.

우인혜가 정갈한 표정과 함께 허리를 숙여보였다.

"빈도 신려가 호검관의 적 관주님께 인사드립니다."

"우 소저……?"

"신려입니다. 적 관주님이 아시는 우인혜란 여인은 이제 과거의 이름이 되었으니, 잊어 주시길 바랍니다."

"……."

적천경이 우인혜, 아니 무당파의 일대 제자 중 수위를 다툰다고 알려진 화선검 신려를 침묵 속에 바라봤다.

어떻게 된 일일까?

아니, 그건 중요치가 않다.

'……눈가가 부어 있다.'

감추려 했으나 감출 수 없는 눈물 자욱.

적천경의 초인적인 안력은 그 평상시와 다른 작은 차이를 발견해냈다.

하지만 그는 끝까지 침묵을 지켰다.

묻지 않았다.

우인혜에서 신려로의 변화!

다시 도적을 회복한 그녀가 울어야만 했던 사연을 굳이 묻고 싶지 않았다. 그냥 그래야만 할 것 같았다.

그렇게 어색하게 이어진 침묵을 신려가 깼다.

"오늘 적 관주님을 찾아온 건 작별 인사를 하기 위함입니다."

"어디로 떠나시는 것이오?"

"장문인께 천 일간의 면벽 수련을 명받았습니다."

"벌을 받은 사람치고는 표정이 밝군요?"

"벌이 아니라 구원입니다."

"구원……."

"예, 구원입니다. 천 일간의 면벽 수련으로 인해 저는 다시 무당파의 제자 신려로써 살아갈 수 있게 되었으니까요."

"……그걸로 만족하는 것이오?"

"물론입니다. 그리고 적 관주님께서 무당파에 찾아온 큰 우환을 해결해 주셨기에 저는 다시 신려가 될 수 있었습니다. 그 점 정말 감사드립니다."

말을 마친 신려가 적천경에게 깊게 배례했다.

처음 봤을 때와는 딴판.

다시는 그때의 그녀로 돌아갈 수 없음을 선포하는 것만 같다.

그래서였을 것이다.

적천경은 자신도 모르게 신려를 향해 손을 뻗으려다 멈췄다.

자신도 모르게 엿 본 그녀의 마음.

눈가에 남겨진 눈물 자욱.

그 모든 것이 그녀의 복잡한 속내를 대변한다고 여겼다. 여태까지처럼 함부로 할 수 없게끔 했다.

'그녀는 스스로 다시 무당파의 제자로 돌아가는 걸 선택했다. 내가 그 선택에 참견하는 건 쓸데없는 오지랖일 것이다. 하지만 이대로 보내면 찜찜할 테지?'

본심은 항상 뒤에 나온다.

내심 결심을 굳힌 적천경이 신려에게 말했다.

"신려도장께 내 한 가지 용서를 구할 일이 있소."

"됐습니다."

"하지만……."

"제가 우인혜였을 때의 일입니다. 잠시 지나간 꿈과 같은 일이니, 적 관주님께서도 그렇게 생각해 주십시오."

"……그래도 괜찮겠소?"

"물론입니다."

적천경의 두 번째 질문에 대한 두 번째 긍정이다. 담담한 미소로 눈물 자욱을 지운 채 그리 대답했다.

그리고 우인혜가 아닌 신려는 적천경을 뒤로하고 청심원을 떠나갔다.

— 천 일간의 폐관 수련!

장문인 현무진인의 명이 아니었다.

잠깐 동안 맛봤던 우인혜란 여인의 삶을 버리고 신려로

돌아간 그녀의 선택이었다.

어쩌다 꿈꾸게 된 평범한 여인의 삶!

포기하는 게 여간 힘들지 않았다.

무당파의 제자로써의 자긍심으로도 부족할 만큼.

하지만 황조경이 나타났다.

그녀에게 좌절감을 맛봤다.

어찌할 수 없는 거대한 벽을 느꼈다.

그래서 포기하게 되었다.

잠깐 동안 자신을 혼란스럽게 만들었던 미망(迷妄)에서 벗어나려 했다.

'천 일간 나는 정말 열심히 수련할 거야! 그래서 다시 무당파의 일대 제자 신려로 돌아갈 거야! 그렇게 그를 내 마음속에서 지워 버릴 거야!'

그렇게 다짐했다.

스스로의 길을 확인했다.

그것이 최선이란 것을 계속 중얼거리며 그리했다. 적천경의 곁을 떠나갔다.

2장

계륵(鷄肋)

"아쉽구나! 아쉬워!"

"……."

청심원을 벗어나 떠나가는 신려를 배웅하던 적천경이 멀리서 들려오는 장탄식에 시선을 돌렸다.

그러자 청심원에 딸린 정원의 한편에 서 있는 늙은 소나무 위에서 황조경이 뛰어내렸다.

휘익!

태자파의 절벽 사이로 불어오는 바람에 황조경이 치마가 가볍게 흩날렸다.

'아쉽군.'

적천경이 내심 안타까워했다. 자연스럽게 시선이 향한 황조경의 치마 속에 바지가 있어서 좋은 광경을 구경할 수 없었기 때문이다.

그런 점을 황조경 또한 알았음인가!

찌릿!

그녀의 봉황을 닮은 눈매가 살짝 흘겨졌다. 적천경의 노골적인 시선과 안타까워하는 표정에 대한 경계였다.

"예전엔 이런 사람이 아니었잖아요?"

"예전이라……."

적천경이 아련한 표정을 지어 보였다. 마치 과거 좋았던 때를 회상하는 노인 같은 눈빛과 함께다.

"날 희롱하는 건가요?"

"……아니오만?"

"표정과 말이 달라요!"

황조경이 타박하듯 한마디를 던진 후 화제를 바꿨다.

"아쉽지 않겠어요?"

"무슨 말씀을 하는 건지 모르겠소만?"

"우 소저 말예요."

"……."

"그녀는 엄청난 미인인데다 적 관주를 꽤나 좋아하는 것 같았는데, 갑자기 도사가 되었어요. 지금이라도 적 관주가 말리면 분명 도사 따윈 그만두고…….”

“우 소저, 아니 신려도장의 선택이오. 그녀의 선택을 존중해야 하지 않겠소?”

“……그녀의 선택을 존중해야 한다? 그럼 적 관주의 생각은 어떤 건가요?”

“그건…….”

적천경이 잠시 말끝을 흐리곤 고개를 저어보였다. 얼굴에 어느새 신중한 기색이 어려 있다.

“……적절치 않은 질문이라 생각하오.”

‘대답을 회피하시겠다?’

황조경의 눈이 샐쭉해졌다. 적천경이 결국 자신의 질문에 제대로 된 대답을 하지 않았다고 여긴 때문이다.

잠시뿐이다.

곧 평상시의 표정을 회복한 황조경이 어깨를 가볍게 추어보였다. 여태까지의 대화가 전혀 대수롭지 않다는 듯 태도를 바꾼 것이다.

“뭐, 미인을 거절하는 버릇은 여전하군요. 그동안 전혀 바뀐 게 없어요. 그래서 안심이에요. 적 관주에게는 미인계 같은 게 통하지 않을 테니까요.”

“…….”

“그런 표정으로 보지 말아요. 제가 비록 어려서부터 산

전수전을 다 겪고 다녀서 낯이 꽤나 두꺼워졌긴 해도 스스로를 미인이라 자부하진 않으니까요."

"황 소저는 미인이오."

"입에 발린 소리는 그만 하시고!"

한 손을 잘록한 허리에 가져다 댄 채 적천경에게 손가락질을 한 황조경이 눈살을 가볍게 찌푸려 보였다.

"진짜 미인은 며칠 전 무당파를 발칵 뒤집어 놓은 창위의 부영반 같은 사람이에요. 면사를 쓰고 있을 때는 몰랐는데, 진면목을 보니 정말 대단한 미색이더군요. 적 관주가 보기에도 그랬지요?"

'그랬던가?'

적천경이 내심 고개를 갸웃해 보였다.

주약린!

분명 굉장한 미인이었다. 면사를 쓰고 있을 때도 미색을 감추기 어려웠는데, 진면목을 드러내자 세상이 환해지는 것 같았다. 분명히 그랬다.

하지만 적천경은 주약린과 계속 검을 맞대야만 했다.

그냥이 아니다.

생사의 간극을 넘나드는 상황을 계속 만나야만 했다. 그만큼 그녀는 쉬운 상대가 아니었다.

그래서였을 것이다.

적천경은 여태까지 주약린을 여인으로 대하지 않았다.

대적수!

혹은 호적수로 그녀를 대하고 있었다. 미색 같은 것에 신경 쓸 생각 자체를 하지 못했다.

그런 이유로 적천경이 생각에 잠겨 대답을 못 하자 황조경이 다시 눈살을 살짝 찡그려 보였다. 적천경이 자신이 한 질문에 즉시 대답하지 않는 걸 곡해한 것이다.

잠시뿐이다.

곧 그녀가 화제를 바꿨다.

"아버님을 대신해서 적 관주님께 용서를 구하겠어요!"

"황 소저, 그러지 마시오."

갑자기 자신 앞에서 깊숙이 허리를 숙인 황조경을 향해 적천경이 손을 가볍게 내밀었다.

아니다.

그의 손은 앞으로 내밀어지지 않았다.

그냥 대기에 가벼운 파랑을 만들어 냈다.

그러자 허리를 숙이고 있던 황조경의 상체가 미묘한 떨림과 함께 바로 세워졌다. 변변찮은 저항조차 하지 못한 채 그렇게 되었다.

'적 관주의 무공이 더욱 늘었구나?'

황조경이 경이의 눈으로 적천경을 바라봤다. 어느새 그

의 무공이 자신이 알고 있던 것보다 더욱 일취월장했음을 눈치챈 것이다.

적천경이 말했다.

“처음, 무당행을 결정지었을 때부터 이번 일이 결코 쉽지 않을 것임을 알고 있었소. 설혹 황 소저의 부친이 일을 꾸미지 않았다 하더라도 내 무당행은 이뤄졌을 것이오.”

“하지만 무당에서 폭호검 곽채산의 흔적은 결국 발견되지 않았어요. 금마옥의 마두들은 모두 이번 사태로 인해 죽거나 탈출해 버렸으니까요.”

“그 역시 어쩔 수 없는 일이오. 채산과 내 인연이 아직 끝나지 않았다면 반드시 후일 만나게 될 것이오.”

‘적 관주는 아직도 폭호검 곽채산을 포기하지 않았구나. 하긴 그의 사체는 결국 발견되지 않았으니, 반드시 죽었다고 할 수는 없어.’

지난 수일간, 황조경은 무당파의 도움을 받아 붕괴된 금마옥의 내부와 자소봉 일대를 이 잡듯 뒤졌다. 적천경을 위해 그의 친구 곽채산의 생사를 반드시 알아내야 한다고 여겼기 때문이다.

그러나 곽채산의 행방은 오리무중(五里霧中)이었다.

작은 단서조차 발견할 수 없었다.

금마옥 내부에서도 그의 존재는 극히 미약했다. 지난 칠 년여간 별다른 흔적을 남기지 않았다. 그냥 수감자 중에 그런 자가 존재했다는 기록만을 발견했을 뿐이었다.

그래서 그녀는 마음이 더욱 무거워졌다.

이 모든 것인 부친 황금왕 황대구의 술책일 터였다.

금마옥의 파옥?

그런 것은 문제의 핵심이 아니었다.

화산파에서 매화검신 유원종이 무당산을 찾았을 때 이미 그 같은 사태는 종언을 고했다고 할 수 있었다. 그의 압도적인 무위와 현 정천맹에서의 위치만으로도 금마옥의 마두들 따위는 큰 문제가 되지 않았을 테니까 말이다.

그러니 그 이후 벌어진 일이 진짜 핵심일 터였다.

금전!

무당파의 대천강진세의 중심인 천원을 손상시키는 존재! 창위의 부영반이자 황족이 분명한 주약린이 대군을 이끌고와 무당파를 압박할 정도의 인물이 있는 장소!

바로 그곳에서 벌어진 일련의 사태가 바로 부친 황대구가 적천경을 무당파에 보낸 진짜 이유였다. 놀랍게도 그는 현 정파 무림 삼신 중 한 명인 매화검신 유원종과 적천경을 거의 동급으로 봤음이 분명하다. 적어도 이번 사태에 한해선 말이다.

'하지만 내가 알아낸 건 여기뿐이다. 그 이상은 어떤 자

도 제대로 알지 못했다. 아니, 그렇다기보다는…… 말하려 하지 않았다. 설사 죽는다 해도 말야.'

궁금하다.

부친 황대구가 후계자인 자신에게조차 숨겨야만 하는 사실이 무언지 정말 알고 싶었다.

하지만 그녀는 곧 자신의 호기심을 가라앉혔다.

황실과 관련된 일!

창위가 뛰어든 일!

모두 상계에서는 금기시 하는 일이었다. 결코 관심을 가져선 안 될 일이었다.

이번에 적천경이 무당파와 함께 관련된 일이 바로 그와 같았다. 황금귀상련의 부련주인 그녀이기에 이쯤에서 발을 빼야만 했다. 자칫 구족지멸의 대역죄를 덮어쓸 가능성이 농후한 일일 가능성이 컸기 때문이다.

거기까지 생각을 정리한 황조경이 입가에 가벼운 한숨을 매달았다.

"하아! 폭호검 곽채산 소협에 관한 일은 앞으로 제게 맡겨 주세요. 그가 살아 있다면 반드시 제가 찾아내고야 말 테니까요."

"고맙소."

"고마워할 것 없어요. 이건 아버님께서 적 관주님께 진빚을 제가 대신 갚는 거니까요. 그리고 적 관주님은 더 이상 무당파와 창위의 일에 끼어들지 말고 호검관으로 돌아가세요. 뒤처리는 지금부터 저와 황금귀상련이 할 테니까요."

"……."

"그렇게 보지 마세요. 부끄러워요!"

황조경은 짐짓 농을 치며 자신의 속내를 숨겼다. 적천경에게 자신의 복잡한 속내를 들키고 싶지 않아서였다.

그러자 적천경이 천천히 고개를 끄덕여 보였다.

"황 소저의 명에 따르도록 하겠소."

"언제 출발하실 거죠?"

"내일 날이 밝는 대로 떠나겠소."

"좋아요!"

황조경이 쾌활한 미소와 함께 신형을 돌려 세웠다. 적천경에게 확답을 받았으니 되었다는 판단이었다.

* * *

청심원을 떠난 황조경은 잰걸음으로 자소궁을 향했다.

'현재 무당파, 아니 정천맹에게 있어서 적 관주는 계륵(鷄肋)과 같은 존재다. 창위의 공격을 앞장서서 막아냈을

뿐더러, 모든 것의 원인이라 할 수 있는 금전과도 연관이 있음이 분명하니까. 그리고 이와 같은 상황을 만들어 낸 건 아버님이다. 어째서 그리 하셨을까?'

대충 짐작이 가는 바가 있다.

처음, 적천경이 있는 호검관에 황조경을 보냈을 때부터 부친 황대구는 노골적으로 흉심을 드러냈다. 하나밖에 없는 딸을 부인이 있는 유부남에게 보내서 미인계를 명했을 정도로 후안무치한 행동을 서슴지 않은 것이다.

그러면서도 그는 황조경에게 진짜 속내를 드러내지 않았다.

그냥 적천경을 유혹하라고 채근할 뿐이었다.

그게 싫어서 오히려 적천경의 부인인 소연정과 친해졌다. 그녀와 우정을 나누는 것으로 부친 황대구의 명령에 반항했다. 그렇게 스스로에게 사련이란 사슬을 매어 버렸다.

그래서 황조경은 지금 오한을 느꼈다.

긴장할 수밖에 없었다.

황금왕 황대구!

누구나 인정하는 중원 상계의 거물이자 삼대 상단의 우두머리였다. 그가 또다시 적천경에게 흉심을 드러낸 만큼 어떤 흉사가 기다리고 있을지 짐작조차 할 수 없었다.

'차라리 점이라도 봐 볼까?'

평상시 같으면 상상조차 못할 황당한 생각!

기다렸다는 듯 뇌리 속을 채우는 한 명의 도사가 있다. 그녀에게 새로운 세상이 있음을 알려준 학도 구손이 무척이나 땡겼다. 당장 그에게 찾아가 부친 황대구의 속내를 물어보고 싶었다.

그러나 황조경은 이성적인 여인이었다.

구손에게서 몇 차례 경이를 느꼈기는 하나 어디까지나 일종의 속임수라 여겼다. 진짜 점 따위로 세상의 길흉화복을 다 알 수 있다면 이번에 무당파가 당한 겁화를 설명할 길이 없었기 때문이다.

'게다가 지금 가장 중요한 건 현무진인과 매화검신의 속내다. 비록 창위의 병사가 일단 무당산에서 물러가긴 했으나 언제 다시 공격을 감행할지 모르는 터. 그들이 금전과 관계된 적 관주를 무당파에서 떠나게 허락할지 당장 알아봐야만 한다.'

현재 황조경이 가장 관심 있어 하는 사항이다.

그 점을 확인하기 위해서 그녀는 자소궁으로 향하고 있었다. 자신과 황금귀상련의 역량을 총동원해서 어떻게든 적천경을 무당파에서 무사히 빠져나가게 할 작정이었다.

그렇게 자소궁을 얼마 남기지 않았을 때였다.

'쌍령……?'

황조경이 재게 움직이던 걸음을 멈췄다. 해검지 쪽에서 두 명의 무당파 칠성검수와 함께 모습을 드러낸 쌍령을 발견했기 때문이다.

쌍령 중 동생인 영령이 황조경을 발견하자마자 울음을 터뜨리며 달려왔다.

"우아앙! 부련주니이임!"

"……."

그 뒤를 언니인 교령이 어두운 기색으로 따랐다. 얼굴에 작은 상처 몇 개가 눈길을 자극한다.

툭!

자신에게 엉겨 붙으려는 영령을 손바닥으로 살짝 밀어낸 황조경이 교령에게 다가갔다.

슥!

손가락 하나를 내밀어 교령의 턱을 받쳐 올린 황조경의 눈가에 은은한 살기가 감돌았다.

"누구냐?"

"이미 죽은 자입니다."

"확실하겠지?"

"물론입니다."

교령의 담담한 대답에 황조경이 살기를 거두며 화제를 바꿨다.

"호검관은 어찌 되었느냐?"

"그것이……."

교령이 머뭇거리자 영령이 울먹이며 말했다.

"부, 부련주님…… 호검관은 홀라당 불에 타서 잿더미로 변해 버렸어요!"

황조경이 교령에게 계속 시선을 고정한 채 질문했다.

"누구의 짓이지?"

"……일단의 복면인들이 호검관을 야습했습니다. 그들은 하나같이 무공이 고강해서 방어에 나섰던 무당파의 칠성검수 다섯 분이 목숨을 잃으셨습니다."

"하연은?"

"호군이 모시고 뒷문으로 도주했는데, 아무래도 복면인들에게 납치당하신 것 같습니다."

"망할 것!"

황조경이 대뜸 수장을 치켜올렸다. 교령의 천령개를 내려쳐서 그녀를 죽여 버리려 한 것이다.

그러자 쌍령과 함께 온 두 명의 칠성검수가 도호와 함께 나섰다.

"무량수불! 황 도우께서는 손속에 사정을 둬 주십시오. 교령 도우는 끝까지 호검관에 남아서 야습해 온 복면인들과 싸우다가 얼굴에 중상까지 당했습니다."

"그렇습니다! 황 도우는 부디 교령 도우를 용서해 주십시오! 그녀는 우리 사형제들과 함께 끝까지 호검관을 지키기 위해 최선을 다했습니다!"

뒤늦게 사태의 위중함을 깨달은 영령이 또다시 울음을 터뜨렸다.

"우아앙! 부련주님, 교령 언니를 하연 언니를 탈출시키기 위해 최선을 다하셨어요! 그러니 제대로 싸우지도 못한 절 차라리 죽여주세요!"

"……."

황조경이 복잡한 표정으로 교령을 내려다봤다.

생사를 초월한 담담한 눈빛!

얼굴에 생생하게 나 있는 몇 가닥의 상처가 가슴 한편을 아프게 찔러온다.

'하아! 이제 내 어찌 적 관주의 얼굴을 볼 수 있을까?'

내심 한숨을 내쉰 황조경이 천천히 치켜 올렸던 수장을 내려뜨렸다.

이미 엎질러진 물!

교령을 죽인다하여 수습될 일이 아닐 터였다. 그렇게 판단을 내렸다.

"황금귀상련의 비선은 움직였느냐?"

"예, 이미 일급 비상령을 내려서 하연 언니와 호군의 행방을 찾게 하였습니다."

"호검관에서 이곳까지 쉬지 않고 달린다면 열이틀 정도의 시간이 소요된다."

"여덟 날 만에 무당산에 도착했습니다."

"여덟 날?"

"비선 일급령을 통해 황금귀상련에 있는 마방에서 최상급 대완구를 지급받아 밤낮을 도와 무당산까지 달려왔습니다."

"전서구는?"

"첫날에 사방에 날려보냈지만 아마 무당산 쪽에 도착한 건 한 마리도 없는 것 같습니다."

"네 말대로다. 그렇다는 건……."

"무당산 부근에 도착하기 전에 제거되었다는 뜻입니다."

"……즉, 호검관을 공격한 자들과 관련 있는 자들이 무당산 인근에 존재한다는 뜻이로구나!"

"그렇다고 사료됩니다."

"……."

황조경의 안색이 차갑게 굳었다.

교령의 정보 분석력과 판단력은 황금귀상련 내에서도 정평이 나 있었고, 황조경 역시 인정할 만큼 탁월했다. 그녀가 한 말이 사실이라면 대충 짐작이 가는 바가 있었다. 아주 좋지 않은 쪽으로 말이다.

'이 역시 아버님이 꾸민 일인 걸까? 아니면 창위의 부영반…… 그 쌍년이 적 관주에게 복수하기 위해 지랄을 한 것일까?'

어떤 것이든 최악이다.

생각만으로 현기증이 날 지경이었다.

그때 칠성검수 중 한 명이 조심스럽게 말했다.

"황 도우, 일단 빈도들은 장문인께 이번 흉사에 대한 보고를 올리러 가야 합니다. 함께 가시겠습니까?"

"무당파와 황금귀상련은 이미 한 가족이나 다름없습니다. 당연히 제가 함께 가야겠지요."

"무량수불!"

"무량수불!"

두 명의 칠성검수가 황조경의 다분히 상계인 특유의 대답에 도호와 함께 감격한 표정을 지어 보였다. 사형제들을 한꺼번에 다섯 명이나 잃어버린 터라 감정이 상당히 격해져 버린 것이다.

*　　*　　*

세 번째로 청심원을 찾은 사람.

구손이다.

그는 황조경이 떠나고 얼마 지나지 않아서 도착했는데, 한 손에 작은 술병을 들고 있었다.

찰랑!

적천경을 보자마자 수중의 술병을 들어서 가볍게 흔들어 보인 구손이 활짝 웃어 보였다.

"십오 년 된 매화주를 가져왔습니다. 빈도와 곡차 한 잔 하시지 않겠습니까?"

"십오 년이란 건 좀 어중간하지 않소?"

"그러게 말입니다? 본래 빈도의 스승께서는 적어도 삼십 년이 지나기 전에는 이 곡차 병을 개봉하지 말라 하셨습니다만……."

"……만?"

"향후 어쩌면 빈도가 곡차를 마실 일이 없을지도 모르기에 부랴부랴 창고에서 내왔습니다."

"……."

"하하, 그렇게 보실 것은 없습니다. 빈도의 수명은 아직 꽤 많이 남아 있다고 자부하니까요."

적천경이 피식 웃었다.

'괜한 걱정이었던가? 하긴 구손도장 같은 불세출의 기재에게 부여된 하늘의 천명이 벌써 끝날 리가 없겠지.'

억지다.

사부와는 다른 의견이다.

사부는 천명이란 변덕꾸러기와 같다고 했다.

그래서 무수히 많은 영웅기재들이 뜻을 원대한 꿈을 꾸며 천하에 나왔다가 덧없이 사라져 갔단다. 오히려 작은 꿈을 일구며 하루하루를 살아가는 사람보다 쉽사리 꺾이고 마는 것이 소위 말하는 천명이라 했다.

사부는 적천경에게 천명이란 유한함을 알라고 했다.

평생 검의 길을 일로정진하라 했다.

그래도 짧고 아쉬운 한세상이란 말을 입버릇처럼 했다.

하지만 적천경은 지금 사부의 말에 동의하고 싶지 않았다. 억지를 부리고 싶었다.

인재를 아끼는 마음이랄까?

아니다.

그런 것보다는 정(情)이었다.

무당산에 발을 내디딘 후 처음으로 만난 구손에게 적천경은 은연중 꽤나 큰 정을 느꼈다. 짧은 기간 그와 함께하는 동안 겪었던 사건들이 켜켜이 마음속에 쌓여 우정이란 이름으로 자리 잡은 것이다.

휘익!

그때 구손의 손에 들려 있던 술병이 갑자기 기묘한 강풍에 휩쓸려 하늘로 날아올랐다.

"어이쿠!"

구손이 놀라서 소리를 질렀다. 안색이 잔뜩 울상이 된 것이 평상시의 현자(賢者)연 하던 모습과는 꽤나 큰 차이가 있다.

쉬아악!

적천경이 그냥 두고 보고 있을 리 없다.

그의 손가락이 가볍게 멸천뇌운검의 검파를 때리자 곧 날카로운 한가닥 검기가 허공을 가로질렀다.

기묘한 점은 검기의 방향이다.

술병?

신경조차 쓰지 않았다.

적천경의 멸천뇌운검이 만들어 낸 검기는 술병과 정반대 방향을 향해 쏘아져 갔다.

"어이쿠!"

구손을 닮은 비명이 터져 나왔다.

후다닥!

그뿐 아니라 꽁지에 불이 붙은 것 같은 꼴로 금의를 걸친 한 명의 장년 무인이 정원수(庭園樹) 뒤에서 뛰쳐나왔다.

황천지멸대주 나현이다.

나현은 기룡신창을 마구 휘둘러 댔다. 어느새 화려한 금의 무복의 여기저기가 찢겨진 게 아주 낭패한 꼴이다.

그래도 창위를 대표하는 고수답달까?

파파팟!

일순 바닥을 손바닥으로 가볍게 친 구손이 신형을 번개같이 옆으로 굴렸다.

지당권?

그보다는 한 손에 기룡신창을 들었으니, 지당창이라 해야 할 듯싶다.

그는 그렇게 바닥을 온몸으로 뒹굴었다.

수중의 기룡신창을 맹렬하게 회전시키며 삽시간에 삼 장의 거리를 이동했다.

슥!

그리고 신형을 일으켜 세웠는데, 삽시간에 금의를 걸친 창위의 대주가 사흘쯤 굶은 봉두난발(蓬頭亂髮)의 상거지 꼴이 되었다.

탁!

그래도 그의 손에는 어느새 술병이 들려져 있었다. 방금 전 구손에게서 낚아채 간 술병을 용케도 땅에 떨어뜨리지 않고 챙긴 것이다.

"너무하는군! 술을 마시자고 초대해 놓고 이렇게 사람을 공격하다니!"

"초대?"

적천경이 시선을 구손에게 던졌다. 이런 황당한 짓을 할 사람이 그 외엔 없음을 알고 있었기 때문이다.

구손이 뒤통수를 긁적이며 다가왔다.

"하하, 나 도우께서 생각보다 일찍 도착하셨군요."

'진짜 불렀군.'

적천경이 내심 눈살을 찌푸리곤 멸천뇌운검을 거뒀다. 구손이 초대한 게 확실한 이상 굳이 나현과 다툴 필요가 없다는 판단이었다.

그러자 나현이 술병을 손가락 위에 올려놓고 빙글빙글 돌리며 두 사람에게 걸어왔다. 어깨를 가볍게 으스대는 게 봉두난발이 된 현 모습과 참 기묘하게 어우러져 보인다.

"뭐, 이쯤에서 무승부로 하도록 하지."

"무승부?"

"한 번 자네가 날 때리고, 내가 자네가 먹을 술을 낚아챘으니 비긴 셈으로 치자는 걸세."

"……."

말을 마친 나현이 손가락으로 돌리고 있던 술병의 주호를 단단히 봉해놨던 밀랍을 내공으로 녹였다. 그러자 주변에 화악 퍼져 나가기 시작한 달콤하고 쌉싸래한 주향!

"좋구나!"

나현이 대뜸 술병을 입에 가져갔다. 적천경이나 구손에게 동의도 구하지 않고 매화주를 마시려한 것이다.

'그렇게 제멋대로 굴게 놔둘 순 없지!'

적천경이 다시 멸천뇌운검을 뽑았다. 나현이란 불한당에게서 매화주를 되찾아오기 위함이었다.

그러자 나현 역시 한 손에 들고 있던 기룡신창을 치켜 올렸다.

문답무용(問答無用)이다!

두 사람 모두 매화주를 상대에게 양보할 생각이 없었다. 전혀 그러고 싶지 않았다.

보다 못한 구손이 얼른 두 사람 사이에 끼어들었다.

"십오 년된 매화주입니다! 좋은 곡차는 본래 친구들과 함께 음복해야 한다고 배웠으니, 두 분 도우께서는 그냥 빈도와 대작을 하시는 게 어떻겠습니까?"

나현이 수중의 술병을 바라보며 눈살을 찌푸려 보였다.

"십오 년 된 매화주? 애매하잖아!"

"애매하긴 하지."

적천경이 동의하자 구손이 살짝 울상이 되었다. 큰마음을 먹고 아껴뒀던 술을 꺼내왔는데 타박하는 사람만 느니 빈정이 상한 모양새다.

잠시뿐이었다.

곧 나현이 대소를 터뜨리며 술병을 열고 한 모금을 마신 후 적천경에게 넘겨줬다.

"크하하, 뭐 그래도 괜찮은 맛이구만!"

적천경 역시 한 모금을 마신 후 화답한다.

"괜찮은 맛이오. 구손도장도 한 모금 하시오."

"아, 예! 예!"

구손이 적천경에게 술병을 받아 들고, 역시 한 모금을 마셨다. 목을 타고 넘어가는 주향이 독하면서도 감미롭다.

"크어! 취한다!"

"고걸 마시고 취해?"

"빈도가 본래 곡차를 마시는 게 처음이니 양해해 주십시오."

"첫 음주라……."

잠시 말끝을 흐린 나현이 갑자기 구손에게 달려들어 그의 입에다 주호를 격하게 밀어붙였다. 술자리에서 늘상 벌어지곤 하는 장난기가 발동했음이다.

"으헉! 으허어어억!"

"그렇지! 술이란 이렇게 배워야 하는 법이지!"

"……."

적천경이 양팔을 버둥거리며 간절히 도움을 요청하는 구손을 미소 속에 외면했다. 얄미울 정도로 항상 자신만의 삶의 속도와 흐름을 유지하고 있던 그의 당황한 모습이 은근히 즐거웠기 때문이다.

잠시뿐이다.

툭!

적천경이 문득 발로 나현의 엉덩이를 걷어차며 말했다.

"아까운 술 가지고 장난은 그만 치시오."

"말로 하라구! 나이도 한참 어린 사람이 손윗사람을 대접할 줄을 모르고 말야!"

나현이 투덜거리며 구손을 놓아줬다. 그러자 구손이 콜록거리며 바닥에 토악질을 해 댄다. 술이 기도로 들어가서 꽤나 고역스러운 모습이다.

툭!

그러자 적천경이 구손의 등을 손바닥으로 가볍게 쳤다.

그와 동시에 벌어진 내력의 전이!

"헉!"

토악질을 멈추지 않던 구손이 한차례 다급한 호흡과 함께 표정이 확 밝아졌다. 기도로 침투했던 술이 내력에 싹 증발해 주정(酒精)만이 그의 체내로 스며든 때문이다.

취기?

순식간에 올랐다.

구손의 환해진 얼굴은 대번에 붉게 달아올랐다. 여태까

지 중 가장 기분이 좋아졌음은 물론이다.

"우하핫! 역시 곡차는 좋은 것이로군요? 빈도, 오늘 새롭게 개안(開眼)을 했습니다!"

"역시 술이란 이렇게 먹어야 하는 게지!"

"정말 그렇습니다! 술은 이렇게 먹는 게 옳은 것 같습니다!"

"당연하지! 그러니 앞으로 이 몸을 잘 알아서 모시도록 하라구!"

"물론입니다! 대형!"

"대형? 오오! 그래, 도사 동생, 자네가 과연 배운 사람답게 장유유서(長幼有序)를 아는구만!"

'장유유서…….'

적천경이 어느새 호형호제(呼兄呼弟)에 도원결의(桃園結義)를 운운하기 시작한 두 사람을 어이없다는 듯 바라봤다.

매화주 한 병!

세 사람이 취하도록 마시기엔 턱 없이 부족하다.

두 사람으로 숫자를 줄여도 마찬가지다.

하물며 그중 무림의 일류 고수가 포함되어 있다면 아예 불가능한 일이라 생각하는 편이 옳을 터였다.

당연히 무공을 익히지 않은 구손과 열심히 맞장구를 치고 있는 나현의 속셈은 뻔했다. 얼렁뚱땅 나이가 많음을 내세워 자신과 구손을 동생으로 삼으려하고 있는 것이다.

'……하지만 창위의 고위직에 있는 사람이 어째서 무림의 필부에 불과한 우리한테 이런 수작을 부리는 것일까?'

사리에 맞지 않는다.

그래서 확인해 보고자 했다.

슥!

적천경이 어느새 어깨동무를 한 채 매화주 한 병을 거의 거덜 낸 두 사람에게 다가갔다.

"술 다 마신 건가?"

"고, 곡차라면 여기 더 있습니다."

구손이 기다렸다는 듯 품에서 매화주 한 병을 더 꺼내 들었다.

"뭐야? 술이 더 있었잖아!"

"꽤 많이 있지요. 이번 기회에 사부님의 술창고를 몽땅 털었거든요."

구손이 품에서 주섬주섬 다시 두 병의 매화주를 꺼내 들었다. 희한하게도 이것저것 잘도 챙겨 가지고 다닌다.

탁!

적천경이 매화주 한 병을 낚아채 밀랍을 녹여버리고 술을 마시며 나현에게 한마디 던졌다.

"혹시 창위에서 잘린 것이오?"

“…….”

나현이 술을 입에 털어 넣고 있다가 움찔 어깨를 떨어보였다.

‘맞군.’

적천경이 내심 고개를 끄덕이고 구손에게 말했다.

“구손도장, 처음에 나 대주가 내게 붙잡혔을 때 그에게 이런 일이 벌어질 거라고 얘기한 것이오?”

“예?”

“그에게 이번 사태로 인해 창위에서 문책을 당하게 되면 자신을 찾아오라고 얘기했냐는 말이오?”

“예?”

구손이 계속 딴청을 부렸다. 하지만 방금 전까지 살짝 혀가 꼬부라져 있었는데 지금은 말짱해 보인다. 취기가 단숨에 가셔버린 듯싶다.

당연히 적천경이 이를 그냥 두고 볼 리 없다.

“…….”

계속되는 적천경의 차가운 시선에 구손이 힐끔힐끔 눈치를 보다가 한숨을 토해냈다.

“하아! 역시 적 관주님은 힘든 분이시군요. 예, 제가 나 도우님께 그리 말했습니다.”

“그럼 그 후 나 대주가 벌인 일 역시 구손도장과 관련이 있겠군?"

"대충 비슷합니다."

"구룡보검을 가지고 무당파를 재공격하는 것 역시 포함된 일이오?"

"……."

구손이 침묵 속에 고개만 끄덕여 보였다. 자신이 생각하기에도 차마 입에 담기 어려운 만행의 연속이었으리라.

적천경이 손으로 이마를 짚었다.

'강적이로군!'

진심이다.

놀라운 기재라 여기긴 했으나 이렇게 막나가는 사람일 줄은 몰랐다. 만약 이번 일이 무당파 내부에 알려진다면 파문당하지 않으면 다행일 터였다.

그때 나현이 변명하듯 말했다.

"구손 아우한테 너무 그러지 마시게. 이번 창위의 무당행은 부영반님의 독단이었네. 그분의 지랄 맞은 성격에 만약 구손 아우의 기지가 없었다면 무당파와 창위는 모두 공멸에 가까운 참극을 면할 수 없었을 거야."

"그런 이유로 구손도장의 말에 동조한 건 아닌 듯싶소만?"

"뭐, 반신반의(半信半疑)했지."

"반신반의?"

"그런데 구손 아우가 한 말대로 대영반님의 전령이 오고 일이 바삐 돌아가니까 낸들 어쩌겠나? 그냥 기호지세(騎虎之勢)가 되어 구손 아우의 말대로 질러 버릴 수밖에."

"그리고 부영반이 저지른 독단에 대한 대가를 대신 덮어쓰고 창위에서 쫓겨나게 된 것이오?"

"그런 정도로 끝났으면 좋았을 텐데 말야."

"하면?"

"곧 창위에서 내 추살령이 떨어질 걸세."

"……."

"뭐, 대역죄인이 되는 게지. 그나마 다행인 점은 우리 집안은 이미 오래전에 망해서 구족지멸 따윈 걱정하지 않아도 된다는 거랄까?"

태연하게 구족지멸의 대역죄를 얘기하는 나현을 적천경이 잠시 무심하게 쳐다봤다.

창위의 대주!

하지만 제법 괜찮은 사내다.

빼어난 창술과 임기응변, 넉살까지 겸비한 인재라 할 수 있었다.

'그러니 이런 말을 있는 그대로 받아들일 필요는 없을 테지…….'

내심 간단히 나현이 한 말의 의미를 축소해 버린 적천경이 구손에게 말했다.

"그래서 구손도장은 상관 대신 구족지멸의 대죄를 덮어쓴 가련한 사내한테 무슨 약속을 한 것이오?"

"무당의 너른 그늘은 능히 천하조차 품을 수 있다고 했지요."

"그게 가능한 일이오?"

"불가능하다고 보시는 겁니까?"

구손이 반문과 함께 갑자기 품에서 환약 두 알을 꺼내서 하나는 자신이 삼키고, 나머지 하나는 적천경에게 내줬다.

"얼른 복용하십시오."

"……."

"난?"

뒤늦게 나현이 소리치자 적천경이 환약을 삼켰다. 마음속에 품은 구손이란 인재를 끝까지 믿어보기로 한 것이다.

꿀꺽!

그리고 그 순간 나현이 입에서 게거품을 뿜으며 바닥에 쓰러졌다.

털썩!

3장

장강의 뒷 물결이 앞 물결을 밀어 낸다고?

"우웨에에엑!"

바닥에 쓰러진 나현은 맹렬히 토악질을 해 대다 의식을 잃어버렸다.

흡사 극독을 먹은 것 같다.

꼭 그런 모습이었다.

그러자 구손이 언제 술에 취했냐는 듯 말짱해진 얼굴로 도호를 외우며 그에게 다가갔다.

"무량수불! 형님은 심기를 편안히 하십시오. 본래 세상의 모든 것이 시작이 있으면 끝이 있게 마련인 법! 다가오는 죽음을 피하려하지 말고 있는 그대로 받아들이십시오."

"으헉! 으허억! 나, 나한테 독약을 먹인 것이냐?"

"칠보단장산(七步斷腸酸)이란 극독입니다. 본래는 음독 후 일곱 걸음을 걷기 전 독 기운이 발동해 장부를 끊어내는 고통을 주게 되어 있습니다만 소제가 매화주 속에 학정홍(鶴頂紅)을 섞어서 위력을 배가시켰습니다. 그러니 곧 고통은 사라지고 편히 영면하실 수 있을 겁니다."

"이, 이 미친 도사 새끼가!"

"하하, 이미 우리는 의형제를 맺었는데 어찌 동생에게 그리 심한 욕설을 내뱉으시는 겁니까?"

'의형제를 독살하는 것이야말로 심한 짓인 거 같은데…….'

적천경이 뒤에 한 걸음 물러선 채 구손과 나현을 당황스러운 표정으로 바라봤다.

방금 전 연달아 마신 매화주!

향긋한 주향 속에 칠보단장산과 학정홍이란 극독이 숨겨져 있었다. 순식간에 나현 같은 일류 고수를 빈사 상태에까지 몰아넣은 걸 보면 그야말로 독중지왕(毒中之王)이라 해도 과언이 아닐 것 같다.

당연히 적천경도 그냥 있을 수만은 없다.

그는 은연중 내력을 움직여 체내의 기경팔맥과 오장육부를 살펴갔다. 혹시 독성이 조금이라도 내재되어 있는지를 확인하기 위함이었다.

그 같은 적천경의 속내를 눈치챈 것일까?

구손이 결국 자신이 게워낸 토악물에 코를 박은 채 늘어진 나현의 상태를 살핀 후 적천경에게 빙긋 웃어 보였다.

“적 관주님은 빈도가 내민 환약을 아무런 의심도 없이 복용하셨습니다. 그런데 이제 와 빈도를 의심하시는 겁니까?”

“그때는 구손도장을 믿었으니까.”

“하면 지금은 마음이 바뀌셨습니까?”

“그렇소.”

“어째서 마음이 바뀌신 것입니까?”

“…….”

적천경이 침묵을 유지한 채 경련조차 멎어 버린 나현에게 시선을 던졌다.

그러자 구손이 다시 입가에 미소를 지어 보인다.

“하하, 적 관주님도 생각보다 순진하시군요. 설마 도가의 제자인 빈도가 진짜 의형을 독살했다고 생각하셨으니 말입니다.”

“하면 나 대주가 죽지 않았다는 것이오?”

“죽었습니다. 본래 금빛매미[金蟬]가 되기 위해서는 껍질을 과감하게 벗어 던져야 하는 법이지요.”

‘금선탈각(金蟬脫殼)?’

적천경이 떠올린 건 손자병법이었다.

유명한 손자의 '삼십육계'에서 이르길 금선탈각을 '존기형, 완기세(存其形, 完其勢). 우불의, 적부동(友不疑, 敵不動). 손이지, 고(巽而止, 蠱)' 라고 했다.

형(形)은 전투를 위해 펼친 진용, 세(勢)는 싸우려는 태세를 의미한다. 아군의 진용을 유지하면서 계속 싸우겠다는 태세를 강력하게 표시해야 우군은 결전의지를 의심하지 않으며, 적도 함부로 도발하지 못하는 것이다.

그러나 그 속에 담긴 함의(含意)는 적과 우군을 모두 속여서 아군의 주력을 안전한 곳으로 옮기거나 새로 발견된 적과 싸우기 위해 이동하는 것이었다.

금선은 매미, 탈각은 허물을 벗는다는 뜻으로 새로운 적과 대적하기 위해 매미처럼 껍질만 남기고 사라지는 분신술(分身術)이라 할 수 있었다.

'그래서 구손도장은 먼저 나현 대주에게 향후 그에게 닥칠 위험을 알려주고, 의형제를 맺어 안심시킨 후 독살시켰다. 아군인 그와 날 속이고, 적인 창위와 황실을 속이는 것으로 금선탈각을 완성시키려 한 것이다.'

내심 염두를 굴린 적천경이 구손에게 쓰게 웃어 보였다. 그의 의도를 비로소 이해하게 되었다는 판단이다.

"구손도장도 정말 복잡하게 일을 꾸미길 좋아하는 사람

이오.”

“그러게 말입니다. 사부님께서도 항상 사서 고생하길 좋아하는 성미라 걱정이라고 하셨지요. 아! 마침 사람들이 오고 있군요.”

구손이 청심원 쪽으로 뛰어오고 있는 몇 명의 무당 제자들을 발견하고 얼른 술병을 챙겼다. 그리고 주도면밀하게 나현을 독살시킨 흔적을 없앴다. 처음부터 이와 같은 일이 발생할 것을 알고 있었다는 듯이 말이다.

잠시 후.

무당파의 이대 제자들이 청심원에 도착했다.

그냥이 아니다.

그들은 놀랍게도 하나의 큼지막한 관을 떠메고 있었다.

금마옥에서 마두들이 탈출한 이래 꽤나 많은 무당파 제자들이 목숨을 잃었다. 그래서 장사가 끊이지 않았는데, 그렇게 마련된 관 중 하나를 가져온 것이다.

당연히 그들이 아무런 이유 없이 관을 청심원에 가져왔을 리 없다.

이대 제자 중 한 명이 잰걸음으로 다가오자 구손이 기다렸다는 듯 말했다.

“마침 적당할 때 왔네. 여기 한 분의 도우님께서 방금 전에 귀천(歸天)하셨으니 사질들은 정중히 관에 모시도록 하시게나."

"무량수불! 대렴(大殮 : 소렴을 한 이튿날, 송장에 옷을 거듭 입히고 이불로 싸서 베로 묶음)은 하지 않아도 되겠습니까?"

"염까지는 필요 없네."

"하지만 염을 하지 않으면 날이 더워서 장사(葬事)를 치르기 전에 시신이 상하지 않겠습니까?"

"어차피 그 전에 도우님을 뫼셔 갈 사람이 올 것일세. 그러니 사질들은 관에 잘 모시기나 하시게나."

"알겠습니다."

이대 제자가 고개를 숙여 보이고, 다른 사형제와 함께 나현의 시체를 관에 수습했다.

그때 그 모습을 흥미롭게 지켜보고 있던 적천경의 시선이 자소봉 아래쪽으로 돌려졌다.

'이 기운은?'

구손이 마침 그에게 다가와 말했다.

"장사에는 곡을 할 사람이 필요합니다. 적 관주님께서 맡아 주시지 않겠습니까?"

"나더러 곡을 하라는 말이오?"

"예, 부탁드리고 싶습니다. 함께 곡차를 나눠 마신 인연이 있으니 곡 정도는 해 주실 수 있지 않겠습니까?"

적천경이 구손을 잠시 바라보다 단호하게 말했다.

"곡은 하지 않겠소!"

"그럼 문상이라도 해 주시지요."

"문상은……."

"꼭 해 주시길 바랍니다!"

"……하겠소."

"감사합니다."

구손이 마뜩찮은 표정을 한 적천경의 두 손을 꽈악 붙잡고 진심으로 고마워했다.

'설마 진짜로 나 대주가 죽은 건 아니겠지?'

살짝 걱정이 되는 적천경이었다.

*　　*　　*

해검지.

아침 일찍 자소궁을 떠나 무당산을 내려가던 매화검신 유원종의 눈에 이채가 어렸다.

'창위의 깃발……. 아직도 무당파에 관심이 남아 있었던 것인가?'

그의 시선이 향한 곳은 다름 아닌 자소봉으로 오르는 길목 중 하나였다.

해검지에서 얼마 떨어지지 않은 그곳에는 이젠 꽤나 익숙해진 창위를 상징하는 깃발이 나부끼고 있었다. 얼마 전 주약린이 이끄는 창위의 부대에서 내세웠던 것과 대동소이(大同小異)하나 조금 달라 보인다.

슥!

유원종이 문득 신형을 공중으로 띄웠다.

해검지.

무당산의 중심인 자소봉의 초입.

바로 코앞이었다.

그곳에 다시 모습을 드러낸 창위의 깃발이 의미하는 바를 확인해야만 했다. 이미 발을 깊숙이 내디딘 터라 그냥 물러갈 수 없다고 여긴 때문이다.

피잉!

그런 그에게 화살 하나가 날아들었다.

공격할 의도가 아니다.

그냥 경고의 의미를 담은 화살이었다.

'하나 훌륭한 궁술이로고!'

내심 눈을 빛낸 유원종이 자신의 앞에서 기력이 꺾인 화살을 향해 접인지기를 일으켰다.

타악!

그렇게 화살을 낚아챈 그가 신형을 가볍게 회전하며 땅으로 떨어져 내렸다.

슥!

유원종이 내려선 곳은 창위의 깃발이 매달린 깃대의 바로 앞이었다.

한데 이상하다.

유원종의 예상과 달리 창위의 깃발이 있는 장소는 휑했다. 창위의 정예 무사는커녕 변변찮은 병졸마저 보이지 않았다. 그냥 기다란 깃대 위에 깃발이 매달린 채 바람에 나부끼고 있을 따름이었다.

유원종이 너털웃음을 터뜨렸다.

"허허, 일부러 노부를 불러들인 것인가?"

"그렇소이다."

감정이 거의 느껴지지 않는 무심한 대답과 함께 모습을 드러낸 건 금의위 대영반 패천마도 팽무결이었다.

구면이었으리라!

얼굴 전체에 냉기가 흐르는 팽무결을 잠시 지켜본 유원종이 입가의 미소를 거둬들였다.

"가친은 아직 건강하실 테지?"

"죽지 못해 살고 계실 뿐이오. 무인이 자신의 모든 것인 팔을 잃어버렸으니까."

"……."

유원종의 미간 사이에 작은 고랑이 패였다.

패천마도 팽무결의 부친!

현 하북팽가의 태상 가주 하북무적도(河北無敵刀) 팽적은 유원종과 구원이 있었다. 과거 화산파의 지원을 받는 화악상단과 팽가를 모태로 하는 북경거상회간의 분쟁에 두 사람이 끼어든 적이 있었기 때문이다.

북경에서 하남, 섬서로 이어지는 소금의 전매권한!

대개 불법적인 소금밀매업이 횡행하는 중원에서 결코 포기할 수 없는 막대한 이윤이 걸린 일이었다. 황실과 관부의 비호를 받으며 합법적으로 소금 장사를 할 수 있는 기회였다.

당연히 북경거상회와 화악상단 모두 이 막대한 재보를 쌓을 권한을 양보하려하지 않았다. 각자 자신들이 동원할 수 있는 모든 인맥과 재력, 능력을 동원해 수년에 걸쳐 상계대전을 벌였고, 결국은 무력으로 끝장을 봤다.

— 팽가와 화산파의 대결전!

정천맹주의 중재하에 두 문파는 한 명씩의 고수를 내세워 비무를 벌였다. 문파 최강의 고수에게 황금을 산처럼 쌓을 만한 이권의 향배를 결정지었다.

그리고 그 결과…….

당시 팽가의 가주였던 하북무적도 팽적은 화산파의 매화검신 유원종에게 한 팔을 잃었다. 몇 번이나 봐 줬음에도 끝까지 패배를 승복하지 않아서 오른팔의 힘줄을 자를 수밖에 없었던 것이다.

'그땐 나도 참 젊었고, 철이 없었지…….'

과거의 한때.

어쩌면 영광의 시절이었을지도 모를 시절을 떠올리며 유원종이 내심 고개를 저어보였다.

은원(恩怨)!

무림, 혹은 강호라 불리는 무인들의 세상을 일컬을 때 항상 빠지지 않는 말이다. 그로 인해 모든 분란이 야기되고, 무수히 많은 이야기들이 넘쳐났기에.

그래서 후회하는가?

'……과거의 은원이 내게 돌아왔다 한들 어쩔 수 있겠는가? 이 역시 내가 짊어지고 가야할 업보일지니!'

내심의 중얼거림과 표정이 다르다.

여유가 넘친다.

후회나 갈등 따윈 애초 존재조차 하지 않았던 것 같이.

우웅!

주인의 의념(意念)에 반응하는가.

유원종의 애검 설중매가 무당산에 처음 도착했을 때와 마찬가지로 가벼운 울음을 토해 냈다. 검갑 안에서 검신을 부르르 떨면서 어서 자신을 뽑아 달라 소리쳐댄다.

하나 검객의 검은 쉽사리 뽑히지 않는다.

그래선 안 된다.

툭!

유원종이 애검 설중매의 검갑을 손가락으로 한차례 건들이고 팽무결에게 웃어 보였다.

"정당한 비무의 결과였네. 만약 자네가 가친의 복수를 하고 싶다면 후일 화산으로 찾아오게나."

"화산?"

"이곳은 무당일세. 남의 앞마당에서 오래된 은원을 푸는 건 예의가 아닐 것일세."

"승부를 피할 셈이로군. 무당을 핑계로 승부를 피하고, 배분을 내세워 혈채로부터 달아날 작정인 것이야."

"……."

팟!

파파파팟!

침묵하는 유원종의 옷자락이 갑자기 맹렬한 기세로 펄럭거렸다.

기파?

흡사 칼날 같다.

유원종의 옷자락을 마구 헤집어 놨다.

'허허, 제법 쓸 만한 도기(刀氣)가 아닌가? 전날 하북무적도 팽적과 비교해도 결코 못하지 않은 기세로구나! 아니, 오히려 예기나 살기로만 따지면 더욱 강하다고 해야 하려나?'

유원종은 내심 웃었다.

— 장강후랑최전랑(長江後浪催前浪)!

장강의 뒷 물결이 앞 물결을 밀어낸다는 말이 떠오른다. 그만큼 눈앞의 팽무결이 일으키고 있는 무형도기의 기세는 놀라웠다.

하지만 이때 어째서 다른 사람이 떠오르는 것일까?

'그러고 보니 호검관주라는 사내와 제대로 된 비검을 해 보지 못했구나! 무당파에서 빨리 벗어나야 한다는 생각에 그를 깜빡 잊어버리고 있었어…….'

호검관주 적천경은 그가 무당산에 온 이유였다. 오래된 지기인 정천맹주에게 그에 대한 얘기를 듣지 않았다면 결코 화산을 함부로 떠나진 않았을 터였다.

그리고 만난 적천경!

확실히 빼어난 인물이었다.

어린 나이에 한 자루 칼날과 같은 검기를 품고 있었고, 성정 역시 올곧아서 후일 일세의 검객이 될 만하다 여겼다. 적어도 첫 느낌은 그러했다.

하나 단지 그뿐이었다.

유원종이 본 적천경은 정천맹주가 주목할 만한 인물은 아니었다. 후기지수로써 유망하긴 하나 천하를 진동시킬 정도의 무위나 숨겨진 실력은 느낄 수 없었다.

게다가 그 후 무당파와 창위 간에 벌어진 분쟁은 자연스럽게 유원종의 관심을 적천경에게서 멀어지게 만들었다. 자칫 잘못하면 자신 때문에 화산파가 곤란해질 수도 있다는 생각에 골치가 아파졌기 때문이다.

그래서 유원종은 묘한 기분이 들었다.

후배 중 몇 손가락 안에 꼽힐 만큼의 강자인 팽무결!

그가 자신에게 노골적으로 살기를 드러내고 있는 현 시점에 이르러 갑자기 적천경에게 신경이 쓰였다.

마치 잊어버렸던 어떤 것을 되찾은 것 같달까?

아니다.

그보다는 새롭게 인식하게 되었다고 함이 옳겠다.

'……그렇군! 이제야 확실히 알겠어! 내가 뭘 간과하고

있었는지를 말야!'

깨달음은 불현듯 찾아왔다.

그리고 유원종은 자신이 깨달은 것을 확인하는 걸 뒤로 미루는 성격이 아니다.

스파앗!

순간 애검 설중매의 떨림이 멈췄고, 검갑을 떠난 순백의 검기가 팽무결의 오른쪽 어깨 근맥 부근을 베어 버렸다.

"……."

충격 속에 침묵을 지키는 팽무결!

슥!

검을 거둔 유원종이 천천히 신형을 돌려 세웠다.

"복수를 하고 싶다면 화산으로 찾아오게나. 자네를 상대해 줄 제자를 내 그동안 키우고 있을 테니까."

"나는……."

"선대의 은원은 선대에 끝나야 하는 법! 후대는 노부 역시 후대에게 맡기려네!"

"……."

그 말을 끝으로 유원종이 다시 신형을 공중으로 띄워 올렸다.

하지만 방향이 다르다.

하산을 그만둔 그는 해검지를 뒤로하고 자소봉 위로 날

아올랐다.

이유는 하나!

적천경을 통해 자신이 얻은 깨달음을 확인하기 위해서였다.

순식간에 시야에서 사라진 유원종!

그의 뒷모습을 흔들리는 시선으로 붙잡고 있던 팽무결이 자신의 오른쪽 어깨 부근을 손으로 매만졌다.

부친 하북무적도 팽적이 당한 부상과 정확히 일치하는 장소!

옷자락이 풀럭이고 있었다.

한 치!

매화검신 유원종의 일검이 그 정도만 깊었다면 팽무결 역시 부친과 똑같은 길을 걸었으리라.

'반응조차 보이지 못했다! 아버님과 같지는 않을 거라 여겼었거늘…….'

팽무결은 내심 이를 악물었다.

북경!

제국 권력의 정점이라 할 수 있는 자금성에서 무적을 구가했던 시절이 우습게 여겨진다. 우습게 여겼던 무림에 한 발을 내디딘 후 맞닥뜨린 거산 앞에서 자신이 너무나 초라

해짐을 느꼈다.

그때 침묵 속에 지독스러운 패배감을 감내하고 있던 팽무결의 배후로 갑자기 한 명의 대머리 거한이 나타났다.

보통 사람을 월등히 웃도는 듬직한 체구.

불룩한 배와 비대한 몸을 가린 건 화려한 자황포.

황제에 버금갈 만큼 호사스러운 차림새를 한 거한의 정체는 중원 삼대 거상인 황금귀상련의 황금왕 황대구였다. 전날 신비의 백염백발의 노인과 함께 호검관 앞에 나타났던 그가 무당산에 모습을 드러낸 것이다.

"정말 아까운 승부였소이다!"

"아까운 승부?"

팽무결이 황대구에게 신형을 돌리며 입가에 서슬 퍼런 살기를 매달았다.

움찔!

황대구의 늘어진 볼살이 경련을 일으켰다. 방금 전 매화검신 유원종이 느꼈던 팽무결의 무형도기가 삽시간에 전신을 옭아매어 오는 걸 느꼈다.

온몸이 저릿저릿한 느낌?

그보다는 수천 마리가 넘는 벌레가 기어 다니는 것 같다. 당장 온몸의 구멍이란 구멍은 다 침투할 것 같은 위기감이 든다. 인간의 원초적인 두려움과 혐오감을 한꺼번에 들추어내 버렸다.

그러나 황대구는 곧 입가에 특유의 사람 좋아 보이는 미소를 그려냈다.

"허허, 본왕의 말에 노여웠다면 대영반께서 용서해 주시기 바라오."

"감히 내 앞에서까지 친왕을 하려는 것이냐?"

"본왕에겐 선대 황제 폐하께서 하사하신 친왕첩이 있소이다만, 대영반께서 마뜩치 않으시다면 그냥 평범한 필부가 되겠소이다."

'저 돼지가 친왕첩까지 손에 넣었던가?'

팽무결의 살기가 어려 있던 눈에 살짝 이채가 어렸다. 눈앞의 황대구가 황금왕이라 스스로 친왕을 자처한 지는 제법 되었으나 친왕첩까지 하사 받은 건 처음 알았다.

그래서였을 것이다.

팽무결이 무형도기를 거두자 황대구가 거구의 몸을 한차례 떨어 보이고 입가의 미소를 더욱 짙게 만들었다.

"허허허허……."

"그만 웃음을 멈추는 게 좋을 것이다! 선대 황제 폐하께 하사받은 친왕첩이 당금에까지 큰 위력을 발휘하진 못할 테니까."

'……그건 억울하군. 멍청한 황제 녀석한테 친왕첩을 얻

어내기 위해서 무려 백만금이 넘는 금괴를 바쳤거늘!'

내심 투덜거린 황대구가 슬그머니 팽무결에게 다가왔다. 방금 전까지 그의 생명줄을 노리고 있던 황궁제일의 살인 도객을 전혀 두려워하지 않는다.

"대영반, 역시 화산파는 강하지 않소이까?"

"……."

"하지만 당금 정천맹의 두 기둥 중 하나인 구대문파의 으뜸인 화산파의 진정한 힘은 사실 화악상단에 있소이다. 팽가의 북경거상회에게서 뺏어간 중원 삼개성의 소금전매권을 통해 그동안 엄청난 부(富)를 이뤘으니까요. 그러니 어떻소이까? 황금귀상련과 함께 손을 잡고 화악상단에게 빼앗겼던 소금전매권을 되찾아 오는 게 말이외다."

"……."

팽무결이 침묵 속에 눈을 빛냈다.

그만큼 대단한 유혹이다.

부친 하북무적도 팽적을 불구로 만들었던 중원 삼개성의 소금전매권은 말이다.

그러나 팽무결은 바보가 아니다.

창위를 대표하는 양대 세력 중 하나인 금의위의 대영반!

가문인 팽가와 일정 거리 이상을 두고 있긴 하나 북경거상회에도 일정 부분의 지분을 가지고 있었다. 상계에 속한 인간의 생리를 알 만큼 안다는 뜻이다.

잠깐의 여유를 두고 팽무결이 침묵을 깼다.

“황금귀상련에서 얻는 건 무엇이지?”

“별거 아니외다.”

“상계의 인간들은 항상 별거 아니라 하는 것에 핵심을 숨기곤 하지. 말하라!”

“허허, 그거 참!”

민대머리를 손으로 한차례 긁적여 보인 황대구가 미소를 거두고 말했다.

“북경거상회가 중원 삼개성의 소금전매권을 행사하는 동안 황금귀상회는 염효(鹽梟), 몇 명을 키워볼까 생각 중이외다.”

“염효? 설마 소금밀매업을 하겠다는 것인가?”

“북경거상회의 영역에서 할 생각은 없소이다. 안휘성(安徽省)에서 시작해서 강남 일대의 궁벽한 지역에 암염(巖鹽) 몇 덩이를 깔아볼까 생각 중이니 말이외다.”

“안휘성…….”

잠시 말끝을 흐린 팽무결이 내심 고개를 끄덕였다.

‘……안휘성은 본래 남궁세가의 영역이다! 신마혈맹과의 정사대전 당시 심각한 타격을 입은 후 아직까지 회복을 못하고 있다고 들었는데, 그 공백을 황금귀상련이 파고들

속셈이로구나!'

그렇다면 괜찮다.

팽가와 남궁세가가 같이 오대세가에 속해 있었던 건 이제 과거의 일이었다. 신마혈맹과 정천맹 간의 정사대전이 벌어질 당시 이미 두 가문은 소원해져 있었다. 신마혈맹이 발호할 때 가장 먼저 타격을 당한 게 오대세가 중 몇 가문과 삼대병기보였기 때문이다.

그리고 남궁세가는 그중 가장 큰 타격을 당한 가문이었다.

반면 북경의 황권과 가까운 곳에 위치해 가문의 힘을 거의 온전할 정도로 보존한 팽가는 한동안 무림과 거리를 뒀다. 북경의 황실과 병부 쪽에 세를 넓히는데 가문의 전력을 기울이는 시기가 꽤나 오래되었다.

하물며 팽무결은 오래전부터 자신을 무림인으로 여기지 않았다. 황제의 충복으로써 휘두르는 막강한 권력이 체질에 맞았다. 부친의 원수를 만나기 전까진 말이다.

'황금왕의 말대로 매화검신은 강하다! 최소한 삼십 년 이상 무공에 정진해야 그의 상대가 될 수 있을 것이다! 그래서 지금부터 내 복수의 대상은 매화검신이 아니라 화산파와 화악상단으로 정한다!'

깔끔한 인정이다.

무인 이전에 금의위의 대영반이기에 내릴 수 있는 객관적인 판단이었다.

"그 정도 요구는 수용할 수 있다."

"한 가지 더 있소이다."

"욕심이 과하군?"

"과하지 않소이다. 지금 이 순간부터 황금귀상련의 전비선 조직이 전날 무당산을 떠난 금전의 귀인의 행적을 추격할 테니까. 창위와 북경거상회의 손이 닿지 않는 중원과 새외, 변황의 곳곳을 한곳도 빠짐없이 말이외다."

"……."

"그렇게 무섭게 바라보진 마시오. 내가 달리 친왕첩을 받은 게 아니니 말이외다."

"인정할 수밖에 없겠군. 그래, 뭘 더 원하는 거지?"

"정천맹!"

"정천맹?"

"화악상단이 독점하고 있는 정천맹과의 거래 중 일부를 황금귀상련에게 돌아가게 압력을 가해 주면 고맙겠소이다."

"황금귀상련의 비선 조직이 꽤 쓸 만하군. 북경거상회 쪽에서 근래 정천맹의 삼신 중 한 명을 포섭한 걸 알아냈다니 말야."

“게다가 그분은 매화검신과 그다지 좋은 사이는 아니지요?”

“그쪽에 선을 대 주도록 하지.”

“과연 화통하시오!”

황대구가 엄지손가락을 치켜 올리고 입가에 사라졌던 특유의 미소를 매달았다.

팽무결이 말했다.

“그런데 이건 진짜 당신이 생각해 낸 것인가?”

“허허, 내가 확실히 머리가 좋아보이진 않는 면상을 하고 있긴 하외다.”

“흥!”

냉소와 함께 팽무결이 신형을 돌려 세웠다.

본래 권력의 정점에 선 자들의 특징을 그 역시 지니고 있었다.

오만!

그리고 무례!

언제 매화검신 유원종의 압도적인 무위에 패배감을 느꼈냐는 듯 그는 황대구를 무시했다. 그가 내놓은 패를 덥썩 받아 든 채로 잠시 발을 내디뎠던 무림에서 빠져나간 것이다.

'팽가와 북경거상회의 영화도 그리 오래가진 못하겠구만. 쯔쯧!'

멀어져 가는 팽무결을 바라보며 황대구가 내심 혀를 찼다.

하북팽가에서 오랜만에 나온 천재라 했다.

부친이었던 하북무적도 팽적을 훌쩍 뛰어넘는 인재 중의 인재라 했다.

하지만 직접 만나 본 패천마도 팽무결은 권세나 탐하는 소인배였다. 오히려 진짜 강골의 무인이었던 부친 팽적이 훨씬 빼어나다는 생각이 들었다.

그래서 장강의 뒷 물결이 앞 물결을 밀어낸다는 말은 아직 수긍이 가지 않았다. 적어도 싸워보지도 못하고 패배한 주제에 향후의 승부까지 포기해 버린 팽무결에게 어울릴 만한 말은 아닐 터였다.

긁적!

민대머리를 손으로 긁으며 황대구가 고개를 절레절레 흔들었다.

"나도 꼰대가 다 되었구나! 어린애들이 하는 행동들이 자꾸 눈에 거슬리는 걸 보니 말야! 그나저나 내 보배 같은 딸년은 지금쯤 그 망할 호검관주 녀석을 꼬시는데 성공했으려나?"

팽무결?

금전의 귀인?

모두 황대구에겐 그리 큰 관심사가 아니었다. 어차피 모든 것이 여우같은 정천맹주의 손바닥 위에서 벌어지는 유흥에 불과했으니까 말이다.

그러나 호검관주 적천경은 다르다.

그가 가지고 사라진 멸천뇌운검 역시 그렇다.

황대구의 남은 여생 중 가장 큰 관심은 하나가 적천경의 마음을 얻는 것이었고, 멸천뇌운검으로 신마혈맹의 잔존 세력을 집결시키는 것이었다.

그렇게만 된다면…….

반드시 그렇게 만든 이후엔…….

긁적!

다시 민대머리를 손으로 긁으며 황대구가 힐끔 무당산을 올려다봤다.

'그러니 내 보배 같은 딸년아! 이 아비가 최선을 다해 깔아 놓은 보료 위를 뒹굴며 반드시 그 목석같은 녀석을 거꾸러트리거라! 아예 손주 하나를 안고 돌아오면 더 좋구!'

출렁! 출렁!

생각만 해도 즐거운지 황대구가 묵직한 아랫배를 꿀렁거리며 웃음 지었다.

*　　*　　*

인간의 생명은 정기신(精氣神)의 결합, 즉 육신(肉身)의 생명력인 정(精)과 영(靈)의 생명력인 신(神)이 기(氣)에 의해 결합되어 있다는 게 도교 양생술의 근간이다.

해서 사람이 죽는다는 것은 기의 운행이 정지되어 정(精)과 신(神)이 분리되는 걸 의미한다. 죽음으로 인해 육신은 썩어 없어지더라도 정(精)은 백(魄, 얼)이 되어 땅으로 흩어지고, 신(神)은 혼(魂, 넋)이 되어 하늘로 돌아가게 된다.

당연히 그중에서도 제일 중요한 건 혼(魂)이다.

정이나 기는 썩어서 없어지는 육신과 함께 흩어지고 말지만 하늘로 간 불멸(不滅)의 혼은 언제고 다시 나타날 수 있기 때문이다.

그래서 혼(魂)은 불멸이므로 다시 불러들일 수 있다.

영혼불멸을 믿는 불교에서는 생(生)과 사(死)가 둘이 아니라 하나라는 '생사불이(生死不二)'로 윤회를 설명하고, 도교의 일각에서는 '차시환혼(借屍還魂)'의 법이 조심스레 나돌았다.

춘추시대(春秋時代) 손무(孫武)도 손자병법(孫子兵法)에서 '차시환혼'을 차용해 말하길 '쓸모 있는 것(사람)은 빌리기 어렵고, 쓸모없는 것은 빌릴 수 있다. 쓸모없는 것을 빌려 써먹는다. 내가 아둔한 껍데기(쓸모없는 것)를 뒤집어 쓰는 게 아니라 아둔한 껍데기가 나를 가리도록 한다[有用者 不可借 不能用者 求借 借不能用者而用之 匪我求童蒙 童蒙求我]'는 계책을 삼십육계(計) 중 제 십사계로 꼽았고, 도가에서는 태상노군(太上老君)을 추종하던 이현(李玄)이라는 사람이 선계로 가 그를 만나기 위해 잠시 육신을 이탈했으나 자신의 혼이 돌아올 때까지 육신을 보살피기로 했던 제자가 우여곡절 끝에 이현의 육신을 화장하는 바람에 쇠 지팡이[鐵拐]를 짚고 다니다 죽은 거지의 시신(屍身)으로 들어가 '철괴리(鐵拐李)'로 살게 됐다는 이야기가 전승된다.

— 모두 헛소리다!

적어도 얼마 전까지 적천경은 그리 생각했다.

초인이나 다름없는 사부조차 죽음을 뒤로 미루는 방법을 역천이라 했다. 하늘에게 부여받은 천명을 조금 늘리는 것만으로 항상 스스로를 꾸짖으며 제자 적천경의 분발을 촉구했다. 자신 같은 잘못을 저질러서는 안 된다고 엄한 가르침을 내린 것이었다.

하지만 적천경은 이해할 수 없었다.

공감이 되지 않았다.

그가 어려서부터 전전했던 무수히 많은 전쟁터!

그 속에서 얼마나 많은 죽음과 접해 왔던가. 썩어 들어가는 시체와 벗을 하며 어떻게든 살아남기 위해 최선을 다해야만 했다. 단지 죽고 싶지 않았기에.

하물며 죽음 중에서 만난 사부를 말없이 따라나선 건 그의 압도적인 강함을 직감했기 때문이었다.

그를 따라나서면 죽지 않을 수 있다!

살아서 이 끝없는 죽음과 죽음뿐인 윤회(輪廻)의 사슬, 고리에서 벗어날 수 있다!

그렇게만 되면 자신과 친구 곽채산. 모두를 살릴 수 있을 거라고 생각했다. 그렇게 믿었다.

하나밖에 없는 친구를 그렇게 뒤로 했다.

사부가 일인전승(一人傳承)의 당사자로 자신을 지목했으니 일단 순종하리라! 그리고 그의 무학을 대성한 후 친구 곽채산을 찾으리라!

일인전승이라고?

내가 곽채산을 지목하면 된다! 그렇게 그와 함께 죽음만이 존재하는 윤회의 고리를 탈출할 것이다!

그런 다짐이었다.

그렇기에 한 점의 망설임도 없이 친구에게 일별조차 남기지 않고 사부를 따랐다. 그를 돌아보면 어쩌면 마음이 약해져 다시 죽음만이 존재하는 윤회 속에 갇혀 버릴지도 몰랐기 때문에.

하지만 그 후 모든 일은 꼬여 버렸다.

적천경은 곽채산이 죽었다는 전언을 듣고, 결국 무공을 대성하지 못한 채 사부의 곁을 떠났고, 자신의 검을 잃어버렸다. 죽어 가던 그에게 새로운 삶을 부여해 준 아내의 죽음 역시 막을 수 없었다.

그리고 현재 그는 갑작스럽게 구손에게 독살당한 나현의 장례 행렬을 따르고 있었다. 자신의 의지와는 관계없이 아직 무당산 아래에 위치해 있는 창위의 군진을 향해 걸어가고 있었다. 정말 어쩌다 보니 그리 되었다.

'구손도장이 진짜 이현 같은 신통력이 있어서 나 대주에게 차시환혼을 할 수 있는 걸까?'

궁금하다.

사실 여전히 의심이 간다.

만약 전날 건문제 주윤문의 몸에 기생하며 불멸성을 드러냈던 장천사를 만나지 않았다면 아예 현 상황을 부정했을 터였다. 그만큼 그에게 있어서 불교나 도가에서 말하는 온갖 종류의 설법은 딴 세상의 얘기에 불과했다. 실제 자신의 눈으로 보기 전에는 하나도 믿을 수 없었다.

반대로 말하자면 그래서 지금은 눈앞의 말도 안 되는 상황을 감내할 수 있었다. 장천사를 만난 후 약간이나마 도가의 이술에 흥미를 느끼게 되었기 때문이다.

그렇게 적천경이 장례 행렬의 뒤를 묵묵히 따르고 있을 때였다.

"아이고! 아이고!"

진정성이 있고, 간곡하여 듣는 사람의 마음을 묘하게 흔들어 놓는 힘이 있는 곡을 하며 장례 행렬을 이끌던 구손이 갑자기 손을 들어 올렸다.

그 순간, 하늘 위에서 떨어져 내린 매화검신 유원종!

그가 흥미로운 시선을 적천경에게 던졌다.

"어째서 호검관주가 상주가 된 것이지?"

"상주는 빈도입니다."

"호오?"

유원종이 그제야 구손을 바라봤다.

구손이 칠성보검을 들고서 자소궁을 지켜내는 기염을 토했을 때 그는 대부분의 시간을 원무전에서 보냈다. 현무진인의 부상을 치료하느라 구손이 종횡무진(縱橫無盡) 활약하는 광경을 보지 못했다.

그 후에도 그에게 있어서 구손은 적천경의 도움을 받는

한 명의 학도에 불과했다. 몇 차례나 적천경이 그를 죽음의 위기에서 구해 주는 장면을 목격했기에 더욱 그런 선입견은 굳어진 상태였다.

'정말로 전혀 무공을 익힌 흔적이 없는 도사로군. 무당파에서는 오히려 보기 드물 정도야.'

내심 구손을 재차 확인한 유원종이 한차례 고개를 끄덕여 보이고 적천경에게 말했다.

"상주가 아니라면 잘 되었군. 호검관주는 잠시 노부와 시간을 보내지 않겠는가?"

"본인은 현재 상중이라 곤란합니다."

"응?"

의아한 기색이 된 유원종에게 적천경이 담담한 표정으로 말했다.

"이번에 상을 당한 분은 구손도장과 내 의형제인 창위의 나현 대주입니다. 그분의 시신을 창위에 인계해 주고 정당한 장례식을 치러 주는 게 의형제로써의 마땅한 본분이라 생각합니다."

"허어, 그런 일이 있었구만!"

유원종이 적천경에게 고개를 끄덕여 보였다. 일개 평범한 학도에 불과한 구손을 적천경이 호위했던 이유가 그와 같다 여긴 것이다.

'하지만 놀랍군! 평범한 무당파의 학도가 범상치 않은 내력의 호검관주, 창위의 대주 등과 의형제를 맺었다니 말야!'

구손을 새삼스레 바라본 후 유원종이 적천경에게 말했다.

"호검관주, 그럼 의형제의 장례를 끝낸 후 자소궁으로 와 주시게나."

"그러지요."

"그럼 나중에 보도록 함세."

그 말을 끝으로 유원종이 자소궁을 향해 신형을 날려갔다.

방금 전 창위의 양대 세력 중 하나인 금의위 대영반 패천마도 팽무결에게 일검을 날리고 헤어졌다. 그의 부하 장례식을 따라갈 순 없었다.

4장

호형호제(呼兄呼弟)를 하지 않고선 목숨을 걸 수 없다!

"뭐야 이건?"

눈앞에 놓인 정갈한 관과 상복을 입은 적천경, 구손 등을 바라보며 주약린은 고운 눈매를 찡그려 보였다.

관 위에 적혀 있는 글월.

— 대명제국 금의위(錦衣衛) 황천지멸대주 나현 공(公)!

누가 봐도 알게끔 자세히 써 놨다.

글씨도 훌륭하다.

보기 드문 명필이라 북경의 고관대작 중 글씨를 좋아하는 사대부라면 눈이 번쩍 뜨일 만하다. 대가의 글씨는 종종 엄청난 금액에 거래되곤 한다.

아니다.

중요한 점은 그런 게 아니었다.

톡! 톡!

눈앞에 있는 탁자를 손가락으로 몇 차례 두들겨 보인 주약린이 사람을 시켜서 관 뚜껑을 열게 했다. 자신의 눈으로 나현의 죽음을 확인하기 위함이었다.

덜컥!

관 뚜껑이 열리자 하얀 분진이 일면서 눈을 감은 나현의 모습이 드러났다. 아직 죽은 지 얼마 지나지 않아서인지 아직 썩는 냄새는 나지 않는다.

준비해간 침으로 나현의 이곳저곳을 찔러본 창위의 검시관이 주약린에게 돌아와 말했다.

"나 대주는 독살을 당한 것 같습니다."

"독살?"

"예, 최소 두 종류 이상의 극독을 복용해서 심장이 멈췄습니다. 이 같은 상황이라면 설사 전설의 명의인 화타나 편작이 온다 해도 그를 구할 수는 없을 듯합니다."

"알겠다."

주약린의 짧은 말에 검시관이 정중하게 고개를 숙여 보이고 물러났다.

슥!

그때 주약린 앞으로 구손이 나섰다. 그녀를 향해 정중하게 허리를 숙여 보인 그가 말했다.

"빈도 귀인께 한 말씀 올리고자 합니다!"

"말해!"

"빈도와 적천경 관주, 나현 대주는 그동안 한 잔 곡차로써 의형제의 연을 맺었습니다. 그래서 갑작스러운 나현 대주의 죽음에 애통함을 금할 수 없습니다."

"한 마디만 한다고 했을 텐데?"

"예! 예!"

연달아 허리를 숙여 보인 구손이 바로 본론을 끄집어냈다.

"나현 대주의 장례식을 빈도의 주재하에 무당산에서 치르고 싶습니다. 귀인께서 허락해 주셨으면 합니다."

"안 돼! 나 대주는 창위의 귀한 인재인데 독살을 당했으니 반드시 죽음의 원인을 규명해야 해. 지금부터 검시관에게 맡겨서 시체의 살점을 하나하나 잘라내고, 뼈마디 하나하나를 토막내서 반드시 그리할 거야."

"귀한 인재가 아니라 대역 죄인이지 않습니까?"

"뭐?"

"나현 대주는 스스로 자진하셨습니다. 곧 창위에서 자신에 대한 추살령이 떨어지면 부영반님께 폐를 끼칠 수 있다며 독약을 삼키셨습니다."

'거짓말!'

주약린이 내심 버럭 소리를 지르고 구손에게 화를 내려다 주변의 눈치를 살피고 입을 다물었다.

이곳에 있는 창위의 주 세력!

다름 아닌 나현 휘하의 황천지멸대였다. 대영반 팽무결이 이끌고 온 병력과 따로 떨어져 진영을 꾸렸기에 어쩔 수 없는 일이었다.

당연히 구손의 호소력 있는 설명은 주변에 있는 황천지멸대의 마음을 움직였다. 그들에게 있어서 나현은 그리 나쁜 상관이 아니었기에 자살을 했다는 말에 동요를 보이기 시작한 것이다.

'이 요사스러운 혓바닥을 가진 도사 새끼! 설마 이런 점을 노리고 말도 안 되는 짓거리를 꾸며낸 건 아닐 테지?'

의심이 간다.

매화검신 유원종과 달리 그녀는 적천경과 함께한 구손의 대활약을 하나도 빼놓지 않고 지켜봤다. 그의 행동과 나현의 갑작스러운 자살에 의심이 가지 않을 수 없었다.

하지만 무당산에서의 무리한 행적 때문에 창위에서의 그녀의 위치는 전날과 달리 많이 약화되었다. 어쩌면 대영반 팽무결이 그녀를 감시하러 간자를 침투시켰을 가능성도 배제할 수 없었다.

톡! 톡!

다시 손가락으로 탁자를 두들긴 주약린이 냉소와 함께 손을 내저어 보였다.

"장례 따위 알아서 해!"

"감사합니다."

"그리고 적천경, 당신은 날 따라오도록 해!"

"……."

적천경이 인상을 가볍게 찌푸려 보였다.

주약린과는 몇 차례나 손속을 나눈 사이였다.

독랄한 손속과 변화막측한 심계를 경험했기에 갑작스러운 지목에 심기가 불편했다.

그러거나 말거나 구손은 마치 기다렸다는 듯 관을 가지고 무당산으로 돌아갈 준비를 했다. 간곡하게 적천경을 장례 행렬에 끼워 넣었을 때와는 완전히 사람이 달라진 것 같다.

"구손도장……."

"도화살(挑花煞)입니다."

"……도화살?"

"예, 금년부터 적 관주님에게는 도화살이 단단히 들었으니, 한 번은 반드시 풀어야만 합니다."

"그런 식으로 헛소리를 길게 풀어서 말하면 그냥 넘어갈 수 있을 거라 생각하는 것이오?"

"예!"

명쾌한 한마디를 남긴 채 구손이 적천경을 버렸다.

뒤도 돌아보지 않고 장례 행렬을 이끌고 무당산으로 돌아가 버린 것이다.

*　　*　　*

주약린을 따라 들어선 막사 내부.

근래 임시로 만들어 진 곳임에도 꽤나 아늑하고 화려하다.

바닥에는 파사국(波斯國 : 페르시아)의 백호피가 깔려 있고, 값비싼 융단과 양탄자가 기품을 더하고 있었다.

털썩!

막사의 중앙에 위치한 화려한 태사의에 몸을 파묻은 주약린이 발을 꼬고 앉았다.

까닥! 까닥!

건들거리며 흔들리는 발의 움직임이 향하는 건 바로 적천경이 서 있는 방향이었다.

"그렇게 우두커니 서 있지 않고 이쪽으로 와라!"

"싫소."

"싫어?"

"그렇소. 남녀유별이란 말이 있으니, 이쪽에 서 있는 게 나는 편하오."

"흥! 건방진 태도는 여전하군."

차가운 코웃음과 함께 주약린이 꼬고 있던 다리를 반대편으로 돌리곤 말했다.

"뭐, 그건 됐고! 자소궁 앞에서 할아버님과 꽤 긴 대화를 나눴다고 들었다."

'그 사실은 어찌 알았지?'

"아마도 할아버님께서 무당산에서 자취를 감추기 전에 마지막으로 만난 사람이 네놈일 테니, 분명 이유가 있을 테지. 당장 할아버님에 대해 알고 있는 사실을 내게 하나도 빠짐없이 털어 놓도록 해!"

"없소."

"없다?"

"그렇소. 내가 그분에 대해 아는 건 아무것도 없소. 그러니 더 이상 볼일이 없다면 나는 이만 돌아가 보도록 하겠소."

"끝까지 건방을 떠는군! 하지만 어디로 돌아가려는 걸까? 아니, 돌아갈 곳이 있긴 할지 모르겠네……."

우뚝!

적천경이 막사 밖으로 나가려던 걸음을 멈췄다. 묘한 여운을 남기는 주약린의 마지막 말이 마음에 걸렸기 때문이다.

'그녀는 창위의 고위직이다! 설마 그동안 나와 호검관에 대해 뭔가를 알아낸 것일까?'

충분히 가능한 일이다.

창위!

황제 직속의 친위대이자 사정기관이었다. 정보력에 관해서라면 천하제일을 자처한다 해도 과언이 아닐 터였다.

'게다가 그녀는 내가 자소궁 앞에서 건문제의 몸을 차지한 장천사와 이야기한 사실을 이미 알고 있다. 무당파 내부에 창위와 내통하고 있는 자가 있다는 뜻일 터!'

내심 생각을 정리한 적천경이 주약린에게 신형을 돌려세웠다. 그녀에게 확인할 일이 있다.

그러자 주약린이 몸을 태사의에 깊숙이 파묻은 채 깔깔거리며 웃어 댔다.

"아하하하하!"

"무슨 의미로 그런 말을 한 것이오?"

"……무슨 의미로 그런 말을 했을까?"

"나랑 말장난을 하자는 것이오?"

"그러면 어쩔 건데?"

슥!

갑자기 도발적인 한마디를 던진 주약린이 태사의에서 신형을 일으켜 세웠다.

팔랑!

그와 동시에 바닥에 떨어져 내린 면사!

절세의 옥용!

전날 밤, 달빛 아래에서 살짝 드러냈을 때조차 사람의 심혼을 심하게 뒤흔들었던 매혹의 얼굴이 드러났다.

단언컨대, 적천경이 여태까지 본 여인 중 비견할 대상이 없는 절대적인 미모다. 보는 것만으로 혼이 빠질 것 같다. 일시 주변이 환해지는 착각이 들 정도였다.

단순호치(丹脣皓齒)랄까?

그 아름다움의 결정체 같은 얼굴에 자리 잡은 붉은 작약을 닮은 입술이 팔랑거리며 움직였다.

"다시 묻겠어. 순순히 날 따르는 게 어때?"

"……."

잠시 침묵 속에 주약린의 얼굴을 바라본 적천경이 흔들

림 없는 시선으로 말했다.

"다시 묻겠소. 무슨 의미로 그런 말을 한 것이오?"

"망할 놈!"

주약린이 수장을 치켜 올렸다. 아름다움의 극치 같은 옥용이 가볍게 일그러져 있다. 어떤 사내도 감히 항거치 못했던 자신의 진면목을 보고도 눈빛조차 흐트러뜨리지 않는 적천경에게 분노가 치밀어 오른 것이다.

그러나 적천경의 시선은 여전하다.

흡사 한덩이의 석상처럼 차갑고 감정이 느껴지지 않는다.

그렇게 주약린의 고귀한 분노를 받아넘겼다.

그래서였을 것이다.

주약린이 분노로 몸서리를 치다가 곧 입가에 한 가닥 한숨을 매달았다. 갑자기 자신이 적천경에게 매달려서 어리광을 부리는 것 같다는 생각이 들었기 때문이다.

'한심하구나…….'

내심 이맛살을 찌푸려 보인 주약린이 치켜 올렸던 수장을 내려뜨리고 말했다.

"간단해. 호검관이라고 했던가? 당신이 운영하던 작은 무관은 이제 세상에서 사라졌어. 깨끗이 불타서 한 줌의 재로 변했다더라구."

"……."

"그렇게 보지 마! 그러게 누가 감히 나한테 대적하라고 했어? 처음부터 내 말을 들었으면…… 악!"

비웃음 가득한 표정으로 말하던 주약린이 갑자기 뾰족한 비명을 터뜨렸다.

핏!

그와 함께 그녀의 귀밑머리를 스쳐 간 한줄기 검기!

털썩!

주약린이 뒤늦게 뒤로 엉덩방아를 찧었다. 그 정도로 갑작스럽게 당한 일검의 기습에 놀란 것이다.

아니다.

그녀의 입가에 깃든 비웃음은 더욱 짙어져 있었다.

"바보!"

'이건?'

주약린에게 경고의 일검을 날린 적천경의 눈살이 가볍게 찌푸려졌다.

콰창!

그리고 그 순간 천장 위에서 무거운 굉음과 함께 강철로 된 쇠종이 떨어져 내렸다. 미리 막사 위에 천으로 덮어서 준비해 뒀던 것일 터!

차차창!

물론 적천경이 그대로 당하고만 있을 리 없다.

그의 멸천뇌운검이 폭발적인 빠르기로 검기를 일으켰다. 주약린을 엉덩방아 찧게 만든 검을 뒤돌리자마자 삼십육검을 한꺼번에 쏟아 냈다.

— 삼십육검천하일단(三十六劍天下一斷)!

얼핏 구대문파 중 말석에 위치한 종남파(終南派)의 천하삼십육검(天下三十六劍) 중 천하도도(天下道導)와 비슷해 보이나 검초 자체의 위력이 완전히 다르다. 검기를 연달아 서른여섯 번 겹쳐 펼치는 것으로 검초의 위력을 검강(劍罡) 이상으로 끌어올린 것이기 때문이다.

쩌엉!

그 위력은 절대적이었다.

멸천뇌운검을 떠난 서른여섯 개의 검기!

그것들이 순간적으로 합쳐진 채 천장에서 떨어져 내린 쇠종을 단숨에 쪼개 버렸다.

스으 — 팟!

그렇게 벌어진 틈으로 적천경의 신형이 귀영처럼 빠져나왔다. 일보축지다.

그러자 그런 그의 곁으로 두 개의 그림자가 기다렸다는

듯 파고들었다.

콰릉!

강력하고 묵직한 파괴력을 동반한 음도구상권!

파파파팟!

천 가지 변화를 함유한 천수관음장!

침묵 속에 암습을 감행한 자들의 정체는 금전에서 건문제를 오랫동안 호위해 왔던 뇌권신장 상곤과 관음마수 황노식이었다.

그러나 적천경은 막사 안에 들어서기 전 두 사람의 정체를 이미 간파하고 있었다. 앞서 금전에서 충분할 만큼 싸워봤던 터라 확장된 기감을 통해 손바닥처럼 움직임을 파악해낼 수 있었다. 대비책 역시 준비한 터였다.

스스슥!

적천경의 신형이 일순 몇 개로 분신을 일으켰다.

이형환위?

비슷하나 다르다.

근래 무당파의 대천강진세를 보고 분뢰보에 추가시킨 일보환위(一步換位)였다.

이형환위처럼 두 개로 나뉘었던 분신!

순식간에 네 개, 여덟 개, 열여섯 개까지 늘어났다. 분화되며 각자 다른 방위를 점해갔다. 대천강진세의 움직임을 본받아서 암습한 두 사람을 오히려 포위해 버린 것이다.

"헉!"

"으헉!"

상곤과 황노식이 거의 동시에 신음을 터뜨렸다.

적천경이 펼친 일보환위가 만들어 낸 분신에 놀라서 두 사람 모두 일시 손발이 어지러워져 버렸다.

의외다.

예상외의 상황을 만나서 두 사람 모두 혼란에 빠졌다. 설마 단 며칠 사이에 적천경의 무위가 이렇게까지 차이 나게 변할 줄은 몰랐으리라.

팟! 팟!

적천경이 그 짧은 혼란의 틈을 놓치지 않았다.

연달아 펼쳐진 사일단심!

그 쾌속의 검초가 순간적으로 두 사람의 맥혈을 찔렀다. 진검이 아니라 검기로 혈도를 공격하는 검기상인(劍氣傷人)의 신기다.

"헉!"

"으헉!"

상곤과 황노식이 똑같은 신음과 함께 뒤로 주르륵 물러났다. 이미 음도구상권과 관음천수장을 펼치던 핵심 동작이 무력화되어 버렸다.

그야말로 촌각만에 벌어진 변화!

하지만 다시 신형을 되돌려 주약린을 제압하려던 적천경의 눈살이 가볍게 찌푸려졌다. 어느새 막사가 찢어발겨지며 수백 명에 달하는 창위의 무사들이 집결해 있었다. 각자 손에 연노(連弩)와 장창, 천뢰작열탄을 든 자들이 빽빽이 들어서 주약린의 주변을 철통같이 에워싸 버렸다.

주약린이 요염한 입술을 혀로 살짝 핥으며 소리쳤다.

“이만 포기하는 게 어때? 당신도 나한테 지금 호검관이란 작은 무관이 어떻게 된 건지 알고 싶을 거잖아!”

“…….”

주변을 에워싼 창위 무사들이 놀란 표정으로 주약린을 바라봤다.

그들이 아는 부영반은 극단적일 만큼 단호한 사람이었다.

이런 회유의 말은 들어본 바 없었다.

그러나 적천경은 서늘한 시선으로 주약린을 바라볼 뿐이다. 회유에 넘어갈 생각 따윈 아예 존재하지 않는 듯하다.

‘건방지긴! 하긴 그래서 더 꺾을 가치가 있는 거지만…….’

주약린이 내심 눈을 빛내고 다시 꽃잎 같은 입술을 나풀거리려 할 때였다.

패앵!

일순 적천경이 신형을 팽이처럼 돌리며 멸천뇌운검을 하늘로 치켜 올렸다.

번쩍!

그와 함께 일어난 검광의 폭발!

순간 소매로 눈가를 가린 주약린이 입술을 가볍게 벌렸다. 쇠종이 떨어져 내리며 훤한 공간이 드러나 있던 막사 밖으로 이미 적천경이 신형을 띄워 올리고 있었기 때문이다.

피핑!

피피피피핑!

일제히 연노에 장전되어 있던 철화살들이 발사되었다. 적천경이 뛰어오른 천장의 빈 공간을 빽빽하게 메웠다.

그러나 단지 그뿐.

어느새 적천경은 막사를 빠져나가 아예 진영을 떠나가고 있었다. 순간적으로 주약린을 제압하기 어렵다는 판단을 내리고 탈출을 감행한 것이다.

"대단하네!"

주약린이 저도 모르게 감탄성을 발하곤 곧 뾰로통한 표정으로 명령을 내렸다.

"당장 무당산에서 철수한다!"

"예? 하지만……."

"이미 명령을 내렸다! 항명은 죽음이야!"

"……조, 존명!"

상곤과 황노식이 얼른 복명했다.

이미 금전에서 군신의 예를 올렸다. 이제 와서 주약린의 변덕스러운 심사에 거슬릴 순 없었다.

*　　*　　*

덜컥!

관 뚜껑을 연 구손이 안에 곱게 눕혀져 있는 나현의 얼굴을 지그시 바라보다 주먹을 꽉 쥐었다.

퍽!

그리고 정확히 심장을 향해 가해진 일격!

퍽퍽!

퍽퍽퍽퍽퍽!

한 번으로 부족했던 듯 그의 양 주먹이 연달아 나현의 심장 부위를 향해 쏟아졌다.

학도답게 제대로 된 권법과는 거리가 먼 주먹질!

하지만 효과는 분명히 나타났다.

"쿨럭!"

갑자기 나현의 입에서 가쁜 호흡 하나가 터져 나오더니, 창백하게 변해 있던 그의 얼굴에 빠르게 화색이 돌았다.

차시환혼?

정말 성공한 것일까?

구손이 그제야 나현에 대한 주먹질을 그만두고 도호와 함께 뒤로 물러섰다.

"무량수불! 늦지 않아서 다행입니다!"

나현은 연달아 기침을 해 댔다.

"쿨럭! 쿨럭! 쿨럭! 이, 이게 도대체……."

구손이 태연하게 말했다.

"형님, 객사(客死)의 운(運)을 벗어나게 된 것을 축하드립니다."

"……개, 객사의 운?"

나현이 간신히 기침을 멈추고 관 속에서 신형을 일으켜 세웠다.

과연 고수답달까?

그 사이 내식을 안정시킨 나현의 얼굴에는 뜨악한 표정이 가득했다. 구손이 건네준 매화주를 마시고 죽었던 일이 서서히 머릿속에 각인되기 시작했기 때문이다.

불끈!

당연히 온몸에 힘이 들어간다.

꽈악!

그의 양손이 구손의 멱살을 거머쥐었다. 항상 묘하게 풀어져 있던 눈이 살벌한 기운을 잔뜩 뿜어냈다.

"이 못된 도사 놈아! 나한테 도대체 무슨 짓을 한 것이냐!"

"방금 전에 말한 대로 객사의 운을 풀어 드렸지요."

"무슨 개소리냐! 어려운 말 지껄이지 말고 알기 쉽고 평이하게 풀어 말해라!"

"형님의 관운(官運)이 끝난 후 길에서 급살을 맞아 죽는 걸 살려드렸다는 뜻입니다."

"뭐?"

나현의 눈에 담겨 있던 살기가 살짝 풀어졌다. 구손이 풀어준 '객사의 운'에 대한 얘기에 마음속 한구석이 공명을 일으켰다.

"일단 이것 좀 봐 주십시오."

"그, 그래……."

나현이 구손의 멱살을 쥔 손에서 힘을 뺐다. 왠지 그래야만 할 것 같았다.

그러자 구손이 의관을 정갈히 하고 말했다.

"형님은 일생 중 세 번의 죽을 살(殺)이 끼어 있습니다. 그중 첫 번째는 어렸을 때 넘겼고, 두 번째는 이번인데 빈도와 적 관주님과 귀한 인연을 맺어서 무사히 넘길 수 있었습니다."

"그러니까 내가 좀 알아들을 수 있는 말로 설명해 달라니까!"

"빈도가 건넨 독주는 본래 반생반사(半生半死)의 묘용이 있어서 형님의 심장을 한 차례 멈추게 했습니다. 죽게 만든 것이지요."

"……."

"그리고 한나절이 지나 빈도가 심장 부근에 고여 있던 반생반사의 기운을 풀어버리자 다시 형님의 숨결이 돌아오신 겁니다. 즉, 세간에서 말하는 대로 차시환혼의 대법이 완성된 것이라 할 수 있겠습니다."

"그건 설마 창위에 내가 죽었다고 확인시키기 위해서였던 것인가?"

"예, 형님의 장례식이 끝나는 걸 확인한 자들이 돌아갔으니, 곧 창위의 병력은 무당산을 떠날 것입니다."

"그럼 나는 이제……."

"자유십니다. 물론 향후 이름이나 행색은 바꾸셔야겠지만요."

"……으하하하하핫!"

나현이 하늘을 바라보며 가가대소(呵呵大笑)를 터뜨렸

다. 언제 구손을 죽일 듯 노려봤냐는 듯 통쾌하게 웃어 댔다. 그동안 걱정했던 모든 시름이 단숨에 해결된 현실을 아주 자연스럽게 받아들였다.

잠시뿐이다.

곧 대소를 멈춘 그가 구손에게 멀뚱한 표정으로 말했다.

"그럼 이제 나는 어떻게 해야 하는 거지?"

"두 가지 길이 있습니다."

"두 가지 길?"

"예, 무당파에서 빈도와 함께 학도가 되어서 구도(求道)의 지난한 길을 걷는 것이 첫째고……."

"통과! 다음!"

"……두 번째 길은 곧 알게 되실 겁니다."

"엉?"

나현이 삐딱한 표정으로 구손을 바라봤다. 그가 하는 소리는 항상 종잡을 수 없지만, 이번에는 아예 짐작조차 할 수 없었다. 예상 자체가 안 되는 것이다.

그때 두 사람이 있는 쪽으로 한줄기 긴 선을 그리며 사람의 그림자가 모습을 드러냈다.

적천경이다.

구손이 기다렸다는 듯 그를 맞이했다.

"적 관주님, 마침 잘 오셨습니다."

슥!

그의 앞에 신형을 떨군 적천경이 뒤에 멀뚱하게 서 있는 나현을 보고 살짝 놀란 기색을 드러냈다.

"진짜 살아나셨소?"

"누가 죽었던가?"

"죽은 게 맞소만!"

"흠."

나현이 팔짱을 끼고 콧김을 뿜어냈다. 듣고 보니 진짜 죽었다가 살아난 게 맞기도 하다. 창위 금의위 소속 황천지멸대주 나현은 방금 전 죽고 새로운 삶이 시작되었기 때문이다.

"그럼 새 일자리가 필요하겠구만!"

"새 무림명도 필요할 것이오."

"새 무림명?"

"그렇소. 나 형은 지금부터 나와 함께 무림을 좀 떠돌아다녀야 하니까."

"엉?"

나현이 방금 전 구손에게 지어 보였던 삐딱한 표정으로 적천경을 바라봤다. 구손처럼 적천경도 쉽게 말하지 않는다는 생각이 들어서였다.

그러거나 말거나 적천경이 구손을 바라보며 말했다.

"알고 있었던 것이오?"

"무슨 말씀을 하시는 것인지……."

"내게 벌어질 일을 처음부터 알고 있었냐고 묻고 있는 것이오!"

"……."

구손이 고개를 옆으로 돌렸다. 적천경의 쏘는 듯한 시선을 은근슬쩍 피한 것이다.

'역시 그랬군!'

적천경의 눈살이 가볍게 찌푸려졌다.

눈앞의 구손!

그가 인정한 무당파 제일의 인물이긴 하나 의뭉스러움이 하늘을 찌를 듯하다. 어쩌면 전날 만났던 사부의 호적수 장천사보다 더 상대하기 어려운 인물 같다.

하지만 그래도 그는 구손이 마음에 들었다.

그와 싸우고 싶지 않았다.

적어도 지금은 그랬다.

"구손도장도 날 도와줘야겠소!"

"그러지요."

"대답이 지나치게 빠르오만?"

"무당파에 몰려왔던 액겁을 적 관주님 덕분에 해소할 수 있었습니다. 빈도의 작은 힘이나마 도움이 되신다면 얼마

든지 사용해 주십시오."

'뭔가 속는 기분인데…….'

적천경이 껄끄러운 표정으로 구손을 바라봤다. 그의 흔쾌한 대답에 오히려 마음이 불편해졌다.

그러자 심사가 뒤틀린 표정으로 서 있던 나현이 두 사람 사이에 끼어들었다.

"무슨 흰소리들을 하고 있는 것이냐? 나도 알자!"

적천경이 말했다.

"별거 없소."

구손이 말했다.

"우리 세 사람에게 새로운 운명의 변곡점이 온 것입니다. 형님과 빈도는 그저 적 관주님을 따르면 됩니다."

나현이 황당하다는 표정이 되었다.

"그게 무슨 개소리냐? 어째서 내가 저 인간을 따라가야 하는 건데?"

"그게 우리 세 사람은 운명의 실로 얽혀 버렸기에 한동안 함께 행동해야만 한다는……."

"내가 알아듣게 설명하랬지! 내가 알아들을 수 있는 평범한 말로!"

"……적 관주님에게 설명을 들으십시오."

"진작 그리 말할 것이지!"

나현이 구손에게 버럭 소리를 지르고 적천경에게 냉정해진 얼굴로 말했다.

“나 비싼 놈이다!”

“난 돈이 없소.”

“그러면서 날 쓰겠다고?”

“내 친구가 돈이 좀 많소.”

“얼마나?”

적천경이 손가락 세 개를 꼽아 보이며 말했다.

“천하에서 이 정도로 돈이 많은 사람이오.”

“설마 천하 삼대 거상?”

“그곳 중 한 곳의 후계자요.”

“그런 곳의 후계자를 알면서 내가 왜 필요하지?”

나현이 의심스럽다는 듯 적천경을 바라봤다. 뭔가 자신을 속여서 어딘가에 팔아먹을 것 같았기 때문이다.

적천경이 퉁명스레 말했다.

“창위와 관련된 일이기 때문이오.”

“나 안 해!”

“해야만 하오. 그렇지 않으면…….”

“않으면?”

“……지금 당장 무당산을 내려가 나 형의 상관에게 달려갈 것이오.”

"나, 날 팔겠다는 거냐?"

"그렇소."

"이런 못된……."

나현이 치를 떨며 적천경에게 욕을 하려다 흠칫 놀란 표정이 되었다. 그의 얼굴에 담겨 있는 차가운 서슬과 결기를 느꼈기 때문이다.

"……창위가 도대체 무슨 짓을 했기에 그러는 거냐?"

"나도 모르오."

"몰라?"

"그렇소. 하지만 내 무관과 소중한 사람들에게 문제가 생겼다는 건 알고 있소."

'설마 그 미친 부영반이 사고를 친 건가?'

나현이 내심 부영반 주약린의 범상치 않은 성품을 떠올리곤 안색이 심각하게 변했다.

그가 알고 있는 주약린!

천하절색이라 할 만한 미모에 버금갈 만큼 악랄한 심성의 소유자였다. 가장 큰 취미가 정치 사범의 고문일 정도로 악마 같은 성정을 지녔다.

당연히 그녀의 앞길을 몇 차례나 가로막은 적천경에게 앙심을 품지 않았을 리 없다. 중간에 대영반 패천마도 팽무결이 끼어들지 않았다면 분명히 무당파와 함께 세상에 흔적도 남기지 않고 없애 버리려 했을 터였다.

그 같은 생각과 함께 나현이 침묵에 빠지자 적천경이 진중한 표정으로 말했다.

"그래서 나에겐 나 형의 힘이 반드시 필요하오. 구손도장과 함께 내게 도움을 주시오."

"흥! 그렇지 않으면 날 부영반에게 팔 거고 말이지?"

"……."

"뭐, 좋아! 어차피 버린 몸! 도움을 주도록 하지! 하지만 앞서 말했다시피 나는 비싼 몸이야! 값은 반드시 톡톡히 쳐줘야만 할 거야!"

"그건……."

적천경이 뭐라 하려할 때 멀리서 그의 말을 잇는 목소리가 들려왔다.

"……걱정 마세요! 당신의 몸값은 나 황금귀상련 부련주, 황조경이 확실하게 치러드릴 테니까요!"

"황 소저……."

적천경이 어느새 모습을 드러낸 황조경을 보고 말끝을 흐렸다. 화가 난 나현에게 집중하느라 그녀의 등장을 미처 파악하지 못했기 때문이다.

황조경이 빠른 걸음으로 다가와 말했다.

"그런 식으로 보지 마세요. 저도 구손도장의 전언을 받고 온 거니까요."

"……."

"물론 그 전부터 적 관주를 찾고 있었어요. 호검관에 대해 말씀드려야 할 일이 생겼으니까요."

"……."

"좋은 소식은 아니지만 다행히 최악은 아니에요. 쌍령에게 듣기로 하연 동생은 호군과 함께 무사히 호검관을 빠져나간 것 같으니까요."

"……그렇군요."

적천경이 미미하게 고개를 끄덕여 보였다. 방금 전까지 은은하게 발산되던 결기가 조금 완화되었다. 황조경이 가장 우려하고 있던 일에 대해 말해 줬기 때문이다.

그러나 그것도 잠시 뿐.

그의 시선이 이번엔 구손에게 향했다.

"구손도장, 이것도 점을 쳐서 알게 된 것이오?"

"사제에게 들었습니다."

"사제에게?"

"쌍령 도우님들과 함께 했던 칠성검수 중 빈도와 친한 사제가 있어서 황 도우님께 전언을 넣을 수 있었던 것이지요."

"……."

"물론 적 관주님과 장례식을 치른 이후의 일입니다."

'믿기 힘든데…….'

"믿어 주십시오. 빈도가 이래봬도 도(道)를 수행하고, 도(道)가 아니면 가지 않는 도사올습니다."

"……알겠소."

적천경이 영혼이 전혀 담기지 않은 표정으로 대답한 후 나현에게 말했다.

"나 형, 이제 마음의 결정은 내렸소?"

"한 가지 조건이 더 있다!"

"돈뿐 아니라 다른 것도 원하는 것이오?"

"창위를 상대한다는 건 어쩌면 대명제국 자체와 싸울 수도 있다는 거야. 한가지쯤 조건을 더 들어줘도 괜찮잖아!"

"말해 보시오."

"구손처럼 날 형님이라 불러라!"

"그건……."

"호형호제도 하지 않은 놈을 위해 목숨을 걸고 싶진 않다! 그러니까 무조건 이제부터 날 형님이라 불러!"

"……."

잠시 나현을 바라보던 적천경이 입가에 한숨을 매단 채 고개를 끄덕여 보였다.

"형님이라 부르지요."

"좋아!"

나현이 우렁차게 대답한 후 하늘을 올려다보며 껄껄대며 웃어 댔다. 웃고는 있는데 표정이 심히 좋지 못하다. 방금 전 지옥명부에 스스로 이름을 적어 넣었다는 생각을 감출 수 없었기 때문이다.

'씨발! 모르겠다!'

내심 욕설이 절로 흘러나올 뿐이었다.

*　　*　　*

산정의 날씨는 가끔 살을 에일 정도로 차갑다.

게다가 변덕스럽기도 하다.

적천경을 찾아서 자소궁으로 돌아온 매화검신 유원종은 태자파 앞에 이르러 찬바람을 맞고 서 있었다.

자소궁에 향하다가 알게 되었다. 얼마 전 무당파를 공격했던 창위의 핵심 고수 중 한 명인 나현이 죽었다는 소식과 그의 장례식 소식을 말이다.

재밌는 점은 적천경이 구손 등과 함께 장례식의 주요 참관인이 되었다는 것이었다. 적으로 만나서 피 튀기는 싸움을 벌인 상대의 죽음을 직접 나서서 애도하다니!

'허허, 젊은 사람이 무공이 빼어날뿐더러 정도 많다니,

참 보기 드문 후배가 아닌가 말야!'

내심 적천경을 칭찬하며 유원종이 태자파 밑의 절벽 아래로 흘러가는 구름을 무심히 바라봤다.

점차 세차지는 바람 때문인가?

구름의 흐름이 점점 크게 구비치고 있었다.

그 모습이 흡사 용이 똬리를 틀면서 울부짖는 듯하여 보기가 꽤나 좋았다.

"근데 이 사람, 좀 늦는군그래. 적당히 하고 돌아왔으면 좋겠는데 말야……."

바람이 갈수록 세차지는 태자파!

까마득한 후배인 적천경을 기다리며 유원종은 그렇게 바람을 맞고 서 있었다.

5장

은시(恩施)에서……

은시(恩施).

호북성으로부터 중경(重慶)으로 향하는 길목에 위치한 작은 소도시로 본래 무림과는 그다지 관련이 없는 곳이었다.

— 은시객점(恩施客店).

은시로 들어가는 입구에 위치한 객점 안은 평소처럼 한가했다. 두어 명의 상인 차림의 인물들이 소면을 먹고 있었고, 계산대에는 점소이가 꾸벅거리며 졸고 있었다. 점심과 저녁의 중간 시간대라 모든 것이 평화로웠다.

그때 객점의 문이 열리면 독특한 행색의 일남일녀가 모습을 드러냈다.

청초한 미모.

가냘픈 몸매.

그에 지극히 어울리는 창백한 안색의 미녀.

그녀를 부축하고 있는 건 살짝 상기된 얼굴에 건장한 체격을 한 십 대 후반의 청년이었다.

그런데 행색이 썩 좋지 못하다.

여인은 타고난 미모에 비해 옷차림이 부실했고, 청년은 어깨 부근을 천으로 동여맨 게 근래 부상을 당한 것 같았다. 허리에 매달려 있는 청강장검으로 볼 때 은시에서 극히 보기 드문 무림인임에 분명했다.

탁!

문이 열리는 소리에 턱을 계산대에 댄 채 졸고 있던 점소이가 놀라 눈을 떴다.

'히야아! 굉장한 미인이잖아!'

점소이가 내심 소리를 내질렀다. 무림인으로 보이는 청년의 부축을 받으며 객점 안으로 들어선 여인의 미모에 눈이 휘둥그레해지고 만 것이다.

잠시뿐이다.

곧 그가 의자에서 일어서 두 사람을 맞이했다.

"헤헤, 식사를 원하시는지요? 유숙할 방을 원하시는지요? 아니면 둘 다를……?"

청년이 긴장한 기색으로 말했다.

"식사 먼저 주고, 정갈한 방으로 두 개를 부탁하겠소."

"방이 두 개 필요하신 거 확실하십니까?"

"그렇소."

"방이 두 개면 가격이 좀 많이 나갈 텐데요……."

"여기 선금을 내지."

청년이 품에서 전낭을 꺼내 은자 한 냥을 내밀었다. 이만하면 두 사람의 하루치 방세와 식대로는 충분하다.

"바로 식사부터 준비하겠습니다요! 한데 술은 필요 없으신지요?"

"그건 됐고……."

말끝을 잠시 흐린 청년이 다시 품에서 은자 한 냥을 더 꺼내어 점소이 손에 쥐어줬다.

"……우리 누님께서는 조용한 걸 좋아하시니, 식사는 방으로 보내주게. 두 방이 함께 붙어 있어야만 하고, 누님 방은 깨끗해야만 할 것이네."

"당장 상방으로 모신 후 음식을 준비하겠습니다요!"

점소이가 은자를 받아 챙기며 허리를 굽실거렸다. 행색이 초라해 보였지만 미인과 동행한 사람답게 인심이 아주 후하다. 둘이 어떤 사이인지는 여전히 궁금하지만 말이다.

잠시 후.

점소이의 안내로 객점의 후원에 마련된 상방에 든 남녀 중 청년이 여인의 안색을 살피며 말했다.

"하연 누님, 몸은 좀 어떠십니까?"

"나는 괜찮아. 그보다 호군, 네 어깨의 상처가 걱정되는구나."

"이거 그냥 긁힌 것입니다."

은시에 갑자기 모습을 드러낸 두 남녀.

바로 수일 전 일단의 복면인들에게 기습당한 호검관을 탈출한 소하연과 진호군이다.

그들은 가까스로 호검관을 탈출한 후 한동안 주변에 몸을 숨기고 있었다. 어떻게든 위험을 피하고 무당파에 있는 적천경을 찾아갈 작정이었다.

하지만 상황이 여의치 않았다.

복면인들의 추격은 집요했고, 무당산으로 향하는 길목 여기저기를 철통같이 지키고 있었다. 이미 무당파로 그들이 갈 것을 알고 있는 것 같은 움직임들이었다.

그래서 진호군은 오히려 반대로 길을 잡았다.

무당파의 반대편!

바로 사천의 중경으로 향하는 방면으로 탈출로를 설정해 무작정 소하연과 이동했다. 그게 현재로선 복면인들로부터 소하연을 지킬 수 있는 가장 유력한 방법이라 생각했다.

물론 계획이 그것만으로 끝일 리 없다.

그는 은시로 향하는 중간중간 호검관 특유의 표식을 남겨 놓았다. 사부 적천경이 자신들에 대한 소식을 듣고 찾아오기 쉽게 한 것이다.

'하지만 탈출 때 쌍령 누님들이 준 전낭의 은자가 떨어지기 시작했다. 수일 내에 돈을 마련할 방도를 찾아봐야할 것 같아.'

진호군이 내심 염두를 굴리고 있을 때였다.

줄곧 그의 상처 부근을 염려 섞인 표정으로 지켜보고 있던 소하연이 갑자기 결심한 듯 말했다.

"호군, 장포를 벗어 봐!"

"예?"

"상처를 직접 봐야 내 마음이 놓일 것 같아."

"누님, 그러실 필요는……."

"벗으라니깐!"

소하연이 창백한 안색을 굳히며 목청을 높이자 진호군이 흠칫 놀란 표정이 되었다.

발병하기 전.

아니, 그보다 더욱더 전.

적천경의 아내이자 호검관의 안주인이었던 소연정이 죽기 얼마 전까지 소하연은 꽤나 심한 왈가닥이었다. 현재로선 상상조차 할 수 없을 만큼 활달한 성격에 기질도 세서 진호군을 꽤나 제 마음대로 휘둘러 댔다.

그녀는 진호군을 데리고 동네를 돌아다니며 다른 무관의 제자들을 두들겨 패기 일쑤였다. 굴러 들어온 돌인 적천경과 호검관을 감히 얕보지 못하게 하기 위함이었다. 알게 모르게 작은 동네에서는 타지인을 따돌리는 정서가 있다는 걸 잘 알고 있었기 때문이다.

하지만 언니 소연정이 죽은 후 그녀는 완전히 돌변했다.

소연정을 대신해 안살림을 맡겠다고 고집을 부리며 적천경을 곤란하게 하더니, 곧 발병해 드러누웠다. 과거의 드센 기질이나 활달한 성격을 가슴속 깊숙한 곳에 가둬둘 수밖에 없어졌다. 언니 소하연이 그랬던 것처럼 말이다.

그래서 진호군은 당황했다.

소하연이 이렇게 언성을 높인 걸 무척 오랜만에 들었다. 혹시 병세가 더욱 심해질까 봐 겁이 나지 않을 수 없었다.

“누, 누님, 제가 잘못했습니다! 제발 화 내지 마세요!”

“그럼 벗을 거야?”

“예, 벗겠습니다!”

언제 반항했냐는 듯 진호군이 얼른 장포를 벗었다. 그러자 드러나는 탄탄한 상반신!

역삼각형의 근육질 몸매.

잔근육이 적절하게 발달해 있는 그의 상반신은 아직 어린 티가 남아 있는 얼굴과 완연히 달랐다. 잘 단련된 무인의 몸이라 할 만했다.

물론 소하연에겐 여전히 코흘리개 시절의 동생이다.

그때와 별 다를 게 없었다.

그의 몸에 나 있는 몇 개의 상처를 살핀 그녀가 대뜸 탈출 때 입은 검상을 감싼 흰 천을 걷어냈다. 상처의 크기와 진행 상황을 살피기 위함이었다.

"역시 곪았잖아!"

"그랬습니까?"

"하아! 호군의 둔한 성격은 변함이 없구나!"

타박하면서도 재빨리 상처의 고름을 깨끗한 천으로 닦아내는 소하연의 눈길을 피하며 진호군이 뒤통수를 긁적거렸다.

슬슬 스물을 바라보는 나이!

호검관의 대사형이긴 하나 그는 여인에게 무척 약했다. 쌍령이나 소하연에게 항상 당하기만 하지 감히 반항할 엄두조차 내지 못했다.

한데, 소하연이 막 상처를 다시 싸맸을 때였다.

진호군의 소년같던 눈빛이 변했다.

'이쪽으로 대여섯 명이 다가들고 있다! 발끝을 살짝 치켜 올린 것이 무공을 익힌 무림인이 분명하다!'

내심 빠르게 염두를 굴린 그가 상처를 다 싸매고 다시 잔소리를 하려는 소하연에게 진지한 표정으로 말했다.

"하연 누님, 잠시 나갔다 오겠습니다."

"무슨 일이야?"

"손님이 온 것 같습니다."

"……함께 가자!"

"이미 방 전체가 포위를 당한 것 같습니다. 누님과 함께 그들의 포위망을 뚫긴 어려울 것 같으니, 잠시만 침상 밑에 들어가 숨어 계세요."

"혼자서 그들 모두를 상대하려는 거야?"

"설마요! 그들의 포위망을 뚫은 후 바로 돌아오겠습니다. 염려 마십시오. 사부님의 가르침 중 첫 번째인 임전유필퇴로(臨戰有必退路 : 싸움에 임할 시엔 반드시 퇴로가 있어야 한다)는 항상 가슴 깊숙이 간직하고 있으니까요."

말을 마친 후 씩 웃어 보인 진호군이 벗은 장포로 얼굴을 가리고 검을 빼 든 채 방을 빠져나갔다.

은밀하나 빠르게!

스파앗!

발검과 함께 검초가 뻗어 나왔다.

호검관주 적천경이 독창한 호검팔연식 중 극쾌일식인 사일단심이다.

“헉!”

대낮임에도 얼굴에 복면을 착용한 흑의검객의 입에서 탁성이 터져 나왔다.

느닷없이 목에 검이 꽂혔다.

비명조차 쉬이 내뱉을 순 없었다.

그러자 그와 두 걸음쯤 떨어져 이동하고 있던 흑의검객들이 좌우로 빠르게 흩어졌다.

당연히 그건 반격의 시작!

스팟! 파팟!

사일단심을 펼친 진호군의 양 옆구리를 노리며 흑의검객들의 검이 파고들었다.

빠르다! 사납다!

‘하지만 호검관에서처럼 내 목숨을 끊으려는 건 아니다!’

호검관이 기습당하던 밤!

진호군은 소하연과 탈출을 감행하다 몇 번이나 죽을 위험을 넘겼다. 지금처럼 얼굴을 복면으로 가린 흑의검객들에게 마구잡이로 공격을 당했기 때문이다.

그럼에도 그는 큰 부상 없이 탈출에 성공했다.

몇 가지 변수 덕분이다.

생각 이상으로 강했던 칠성검수와 쌍령의 무공!

그리고 진호군과 소하연의 목숨을 노리지 않는 공격을 감행한 흑의검객들의 무른 공격!

그 모든 변수의 도움을 받았다.

어린 사제들의 생사조차 확인치 못하고 불타는 호검관을 등졌다.

그래서 진호군은 이번에도 내심 기대하고 있었다. 전날과 흑의검객들의 공격이 마찬가지로 물러 터졌기를 말이다.

'어째서 이러는지는 모르겠지만, 적이 허점을 드러냈다면 철저히 이용하는 것이 마땅할 것이다!'

내심 눈을 빛낸 진호군이 발끝으로 지축을 박찼다.

뛰어오른다.

회전을 한다.

공중에서 절반가량 돌면서 검을 좌우로 휘둘렀다.

동귀어진(同歸於盡)의 초식!

옆구리를 향해 파고든 두 개의 검을 완전히 외면한 채 독랄한 검초를 펼쳐냈다.

푸아악! 푸악!

그 결과 입게 된 두 개의 검상!

반회전과 함께 바닥에 떨어져 내린 진호군의 왼쪽 옆구리와 허벅지 쪽에서 피보라가 일어났다. 한눈에 보기에도 작아 보이지 않는 상처!

그러나 두 명의 흑의검객의 꼴은 더욱 처참했다.

절반가량 잘려 나간 목!

사선을 그리며 길쭉하게 베어진 가슴팍!

흑의검객 두 명이 피를 분수처럼 뿜어내며 바닥에 쓰러져 내렸다. 순식간에 절명해 버린 것이다.

"큭!"

진호군이 신형을 가볍게 휘청거렸다. 연달아 상처를 당해서인지 조금 현기증이 난다. 그리고 목구멍을 따라 넘어오는 구역질을 억지로 삼킨다.

어쩔 수 없다.

이런 식의 혈전, 사부 적천경에게 검을 배운 후 처음이다.

호검관이 불타던 밤!

창졸간에 벌였던 혈전과는 궤를 달리한다. 백주대낮에 연달아 살인을 한 현재의 모습은 흡사 지옥도(地獄道)를 걷는 것 같단 생각까지 들었다.

하지만 진호군 역시 평범한 가문의 출신은 아니었다.

사부 적천경의 손에 구원받은 밑바닥 인생으로 호검관에

들기 전에 온갖 모진 경험을 감내해 왔다. 목숨을 걸고서라도 반드시 지켜야만 하는 사람 역시 존재했다.

'진호군! 정신 차려!'

내심 자신을 향해 버럭 소리를 지른 진호군이 검조에 맺힌 핏물을 바닥에 뿌리고 다시 신형을 움직였다. 목숨을 건 동귀어진으로 단숨에 삼인조의 흑의검객을 해치웠으니, 피를 흩뿌려서 그들의 추격을 자신 쪽으로 몰아와야만 했다.

한데 그가 은시객점의 안채 쪽을 막 벗어나려 할 때였다.

쉬악!

기다렸다는 듯 땅바닥에서 검날이 솟아올랐다.

'매복?'

진호군이 디뎠던 지축에서 얼른 발을 떼어 냈다. 뒤꿈치 쪽에 힘을 주고 뛰어올라 단숨에 신형을 되돌릴 작정이었다.

그러나 그 순간, 그의 머리 위에서 그물이 떨어져 내렸다.

여기까지 예상을 하고 있었음이다.

"크!"

진호군이 검을 들어 올렸다.

아래에서 위로 치켜 올렸다.

역광(逆光)!

빛무리가 검날에 부딪쳐서 진호군의 시야를 가렸다. 억지로 검초를 펼쳐냈기에 벌어진 상황!

가가가각!

황급히 내쳐낸 검날에 그물이 걸렸다. 절반쯤 잘라 내다 검초가 기력을 잃어버렸다. 급히 펼쳤기에 위력이 절반 이하까지 반감된 때문이다.

그래도 진호군은 포기하지 않았다.

검 끝에 걸린 그물과 함께 진호군이 바닥을 나뒹굴었다.

나려타곤(懶驢打滾)!

게으른 나귀처럼 바닥을 뒹군다.

그리고 바닥을 손바닥으로 치면서 신형을 일으켜 세운다. 그렇게 억지로 기습자들로부터 간격을 벌려 놓았다.

물론 검 역시 놓지 않았다.

단단히 붙잡고서 호흡을 가다듬는다. 사부 적천경에게 배운 대로 호흡과 검, 운신을 하나로 통일시켜 호검팔연식을 펼치기 위함이었다.

그러나 그때 바닥을 긁으며 치솟아 오른 검날이 진호군의 다리를 훑고 지나갔다.

푸확!

핏물이 터져 나온다.

여태까지 당한 상처 중 가장 심하다.

잇단 동료들의 죽음 때문에 진호군에 대한 대응을 달리하기 시작한 듯싶다.

당연히 그것만으로 끝일 리 없다.

팟! 파팟!

어느새 진호군의 등 뒤로 떨어져 내린 흑의검객들이 어깨와 왼 다리에 역시 검을 꽂아 넣었다.

혈신(血身)!

삽시간에 진호군은 피로 목욕한 모습이 되었다. 순식간에 몇 군데나 검을 맞아서 피투성이가 되었다.

그래도 굳건히 자리를 지키고 있는 검!

부들부들 떨리는 손으로 진호군은 끝까지 검을 쥔 손에서 힘을 빼지 않으려 노력했다. 그게 현재 그가 할 수 있는 일의 전부였다.

그러자 그를 중심으로 동그랗게 모여든 흑의검객들!

대략 십여 명 정도?

그들 중 한 명이 진호군에게 다가들었다.

끝을 내기 위함.

분명 그런 의도로 다가서며 검을 치켜 올렸다.

'내가 착각했었구나! 이미 그들에게 나란 존재는 안중에 없었어…….'

깨달음은 곧 격노로 바뀌었다.

흑의검객들의 갑작스러운 태도 변화!

이유는 자명했다.

진호군을 살려놓을 필요가 없어진 것이다.

"으아아!"

진호군이 검을 굳게 쥔 채 최후의 기력을 모아서 사일단심을 펼쳐 냈다.

사부 적천경에게 배운 호검팔연식 중 유일하게 완성한 검초!

여태까지 몇 명이나 되는 흑의검객의 목숨을 빼앗은 쾌속의 일검을 다가드는 흑의검객에게 꽂아 넣었다.

카캉!

그러나 역시 세기가 부족했다.

흑의검객이 여유 있게 검을 날려 진호군의 사일단심을 제쳐냈다.

퍽!

그리고 발을 내지르자 진호군의 신형이 비참하게 바닥을 나뒹굴었다.

"어린노무 자식이 사람, 고생시키네!"

"……."

"어차피 네놈이 지키려던 계집은 붙잡혔으니까 그냥 죽어라! 눈 그만 치뜨고!"

'하연 누님!'

진호군이 눈을 부릅떴다. 여전히 쥐어져 있던 검을 있는 힘껏 부여잡았다. 죽는 순간에도 사부 적천경의 '검이 곧 생명이다' 란 가르침을 잊지 않은 것이다.

한데 막 흑의검객의 검이 진호군의 머리 위로 떨어져 내리려할 때였다.

쾅!

갑자기 뭔가 폭발하는 듯한 굉음과 함께 은시객점의 안채쪽 대문이 박살났다.

"우악!"

"크악!"

"으아악!"

그와 함께 진호군을 포위하고 있던 흑의검객들이 연달아 비명을 터뜨렸다.

그 사이를 파고드는 건 질풍!

회오리바람!

분명 진호군의 눈에는 그렇게 보였다.

서걱!

그때 진호군에게서 신형을 돌리던 흑의검객의 목이 잘려서 하늘로 날아올랐다.

반응조차 보이지 못했다.

느닷없이 폭풍처럼 파고든 죽립무사의 검에서 일어난 치

명적인 검기에 목이 잘려버린 것이다.

털썩!

진호군이 거기까지를 확인하고 신형을 바닥에 뉘었다. 의식의 끈을 놓아 버렸다.

*　　*　　*

진호군이 눈을 뜬 건 침상 위였다.

어느새 찾아든 어둠.

그가 누워 있는 침상 주변을 밝히고 있는 건 흐릿한 초롱불이었다.

"여, 여기는……."

의식을 회복하자마자 침상에서 신형을 일으키려던 진호군을 만류하는 손길이 있었다.

"호군, 상처가 심하니, 더 누워 있어."

'……이 목소리는?'

진호군이 자신의 어깨를 누르는 가냘픈 손길의 주인을 향해 고개를 돌리다 안도의 기색이 되었다. 그의 머리맡에 그림처럼 앉아 있는 소하연을 발견한 때문이다.

"하연 누님, 이게 어떻게 된 일이지요?"

"그게……."

소하연이 말끝을 잠시 흐리고는 방문 쪽을 바라봤다. 뭔가 곤란한 표정이 얼굴에 깃들어 있다.

"설마 그 복면인들에게 붙잡힌 건가요?"

"……그런 것 같진 않은데, 잘 모르겠어."

"예?"

"복면 괴한들에게 붙잡힌 나와 호군을 구해준 분의 정체를 모르겠다는 뜻이야."

"……."

"일단, 호군은 좀 더 누워서 쉬도록 해! 일단 부상에서 회복하는 게 우선이니까!"

소하연이 어깨를 짚은 손에 힘을 가하자 진호군이 저항하지 못하고 침상에 다시 몸을 눕혔다. 그녀의 말대로 현재 자신의 몸 상태가 아주 엉망이란 걸 알고 있었기 때문이다.

'역시 그때 날 구해 준 죽립인이었던 걸까?'

의식을 잃기 전.

마지막으로 봤던 죽립인의 위용은 그야말로 놀라웠다. 현재의 진호군으로선 감히 삼초조차 검을 나눌 수 없을 것 같았다. 몸 상태가 정상이라 할지라도 말이다.

그렇다면 사부 적천경이라면 어떠할까?

진호군은 내심 적천경과 죽립인의 무위를 견줘보다가 고개를 저어 보였다. 이제 와 생각해 보니, 사부 적천경이 진심으로 싸우는 모습을 본 적이 단 한 번도 없었다.

하지만 한 가지 확신은 있다.

사부 적천경의 검!

결코 천하의 어떤 사람과 비견해도 떨어지지 않을 터였다. 설사 그것이 당세 천하제일이라 불리는 정천맹의 삼신이라 할지라도 말이다.

그 같은 생각을 연달아 떠올리다 진호군이 다시 혼곤한 잠 속으로 빠져들었다.

부상!

확실히 생각 이상으로 중했다. 그만큼 의식을 잃었었는데, 또 잠이 파도처럼 밀려오고 있었다.

*　　　*　　　*

권무관(拳武館).

은시 일대에서 가장 성세가 큰 무관 중 한 곳으로 풍운권사(風雲拳師) 막청이 관주였다.

하나 어찌 된 일일까?

닷새 전부터 권무관은 문이 굳게 닫혀 있었다.

일반 제자들 역시 대부분 집으로 돌려보냈고, 일하던 가솔들 역시 몇 명 남지 않았다.

당연히 고적해져 버린 권무관 안팎!

닷새 전 그곳의 별채를 차지한 냉막한 인상의 삼십 대 초반의 사나이 앞에 권무관주 막청이 엎드려 있었다. 흡사 주종관계를 보는 듯하다.

"지내시기엔 불편함이 없으신지요?"

"딱히 없소."

"그러시군요. 하면 어째서 소인을 부르신 것인지요?"

"한 가지 묻고 싶은 게 있어서요."

"말씀 하십시오."

"수일 전 북경거상회의 비밀 무투조직 중 하나인 흑검추종대(黑劍追從隊)가 이곳으로 몰려들었소. 그들의 목적은 북경거상회가 지정한 목표물의 제거 혹은 납치가 분명할 터!"

"……."

"어째서 막 관주는 여태까지 그 같은 사실을 본련에 보고하지 않았던 것이오?"

"그것이……."

막청이 변명을 하려다 저도 모르게 입을 다물었다.

순간 느껴진 사나이의 냉막한 눈빛!

숨이 턱 막혀 온다.

한 차례 시선을 받은 것만으로 오장육부(五臟六腑)가 단숨에 썩어문드러져 버리는 것만 같다.

물론 실제 그런 것은 아니다.

'꿀꺽!'

내심 침을 삼킨 막청이 조심스럽게 말했다.

"……이곳, 은시는 본래 사천의 중경 쪽에서 호북성으로 들어오는 일종의 경계지역입니다. 본래 사천 쪽 무림을 장악하고 있는 당가(唐家), 아미파(峨嵋派), 청성파(青城派) 같은 명문정파의 움직임을 감시하는 게 제 주요 임무였습니다."

"그래서 본련에서 내려온 지밀(至密)급의 명령을 접하고도 수수방관하고 있었던 것이오?"

"설마 그럴 리야 있겠습니까? 지밀의 명령을 받자마자 소인은 그동안 구축해 놓은 인맥을 몽땅 이용해서 은시 일대의 경계에 나섰으나……."

"결국 흑검추종대가 제멋대로 은시에서 횡행하고 다니는 걸 용인하는 꼴이 되어 버리고 말았다고 봐야할 것이오. 우리 황금귀상련의 세력권 하에서 말이오. 이에 대해 하실 변명이 있으시오?"

"……유구무언(有口無言)일 따름입니다."

"알겠소. 그럼 그렇게 상부에 보고 올리도록 하겠소."

"하, 하면 소인은 어찌 되는 것입니까?"

“좌천되거나 파면되겠지요.”

단호한 사나이의 일갈에 막청이 고개를 푹 숙였다.

냉막한 인상의 사나이!

그의 정체는 중원 삼대 거상 중 하나인 황금귀상련의 여러 비밀 무투조직 가운데 암룡혈풍대(暗龍血風隊)의 대주 무영귀견수(無影鬼見愁) 장호웅이었다. 황금귀상련 산하 무투조직 중 굴지의 고수이자 추종술의 대가였다.

더군다나 그는 황금귀상련에서도 오직 련주인 황금왕 황대구의 명령만을 받는 위치였다. 비선 조직의 말단에 속하는 막청이 감히 눈조차 못 마주치는 것도 무리는 아닐 터였다.

‘그런데 하필 이렇게 찍혀 버리다니! 내 인생도 완전히 꼬이고 말았구나!’

막청이 내심 한탄했다.

좌천! 혹은 파면!

모두 그가 원하는 바가 아니었다.

하지만 다 틀렸다. 이젠 그동안 황금귀상련에서 매달 나오는 봉록을 받으며 은시에서 나름 기세를 올리고 살던 나날과 이젠 작별을 고해야만 할 터였다.

그러거나 말거나 막청에게 거의 사형선고나 다름없는 통고를 한 장호웅이 자리에서 일어섰다.

슥!

옆에 놔뒀던 죽립 역시 잊지 않는다.

밤.

적당할 만큼 깊어졌다.

이제 슬슬 움직일 때였다.

사냥!

황대구의 특급 지령을 받은 후 그동안 펼쳤던 추격의 임무가 끝났으니, 이젠 즐기는 일에 들어갈 때였다. 앞의 임무가 단순히 일이었다면, 지금부터는 개인적인 도락에 가까운 일이 될 터였다.

'응?'

권무관을 빠른 걸음으로 벗어나려던 장호웅의 눈에 이채가 떠올랐다.

얼마 전 삼경을 알리는 타경꾼의 알림이 있었다.

한밤중이었다.

그래서 무복 역시 평상시의 황색 무복이 아니라 칠흑같이 검은 흑의경장을 걸쳤다.

검 역시 마찬가지다.

이번 임무에 나서기 전, 황금귀상련 산하 병기점에서 구입한 청강검의 검신에 옻을 칠했다. 검광을 죽여서 달빛이

나 별빛을 반사하지 않게 만든 것이다.

한데 그렇게 사냥 준비를 끝마친 그의 시야로 정원 앞을 서성이는 그림자 하나가 파고들었다.

여인!

황금왕 황대구의 갑작스러운 명령에 따라 천 리 길을 한시도 쉬지 않고 추격해 온 소하연이란 미녀였다. 우연찮게도 그녀와 출타하던 중 마주치게 되었다.

'정말 부련주님에 버금갈 만한 미인이로군…….'

낮에 몇 명의 흑검추종대로부터 구출해 낼 때부터 이미 감탄했던 미모이다. 한데 밤의 정령이 현혹의 마법을 부려서인지 다시 본 소하연의 빼어난 자태는 장호웅의 마음 한구석을 더욱 크게 뒤흔들었다.

잠시뿐이다.

곧 장호웅의 시선이 평상시의 냉정함을 회복했다.

흠칫!

그때 그의 존재를 눈치챈 소하연이 섬세한 입가에 맑은 미소를 만들어 냈다.

"은인을 뵙습니다."

"은인이라는 말은 가당치 않습니다."

"은인이 맞습니다! 소녀와 호군의 생명은 은인께서 구해주신 것이니까요."

조금 강했던 앞의 말과 달리 뒤에 말은 다시 부드러워졌다. 흡사 듣는 이의 귓가에 작은 바람을 불어넣는 것 같다.

장호웅이 얼굴을 가린 죽립의 챙을 살짝 잡고서 고개를 숙여보였다.

"그리 말씀하시니, 고마울 뿐입니다."

"제가 오히려 고맙지요. 한데, 어디 출타하시는 건가요?"

"예."

'정말 무뚝뚝한 대답이로구나. 어쩌면 바쁜 일이 있는데 내가 계속 붙잡고 있는 걸지도 모르겠어.'

내심 눈에 이채를 띠어 보인 소하연이 미미하게 고개를 끄덕여 보였다.

"바쁘신 것 같은데, 제가 괜히 시간을 끌게 한 것 같군요."

"아닙니다."

"예의를 차리실 것 없습니다. 저는 밤공기가 싸늘해서 이제 방으로 돌아갈 생각이니, 사양치 마시고 볼일 보세요."

"고맙습니다. 그럼!"

다시 손가락으로 죽립의 챙을 잡고서 인사를 해 보인 장호웅이 신형을 돌려 세우려다 흠칫 놀랐다. 소하연이 갑자기 신형을 가볍게 휘청거리는 모습을 발견했기 때문이다.

슥!

장호웅이 얼른 발걸음을 돌려서 소하연에게 신형을 날려서 그녀를 부축했다.

무영귀견수란 무림명이 아깝지 않은 기쾌한 움직임!

"아!"

소하연이 죽립 안쪽으로 보이는 장호웅의 눈빛에 놀라 가볍게 입을 벌렸다.

이처럼 차가운 눈빛이라니!

그녀 평생에 처음 본 것 같다.

장호웅이 무뚝뚝하니 말했다.

"소저, 괜찮으십니까?"

"……예."

"몸이 불편하신 것 같으니, 제가 처소까지 모셔드리겠습니다."

"그러실 필요까지는……."

소하연이 거절의 말을 하려다 입을 다물었다. 형부 적천경이 없는 상태에서 일어난 지병의 발작이 쉬이 끝날 거란 생각이 들지 않았기 때문이다.

"……죄송하지만 부탁드리도록 하겠습니다."

"그럼 실례하겠습니다."

"아!"

다시 소하연이 입을 벌렸다. 느닷없이 장호웅이 그녀를

안아 올리고 성큼성큼 처소 쪽으로 걸음을 옮겨갔다. 적천경과 진호군 외의 사내에게 이런 일을 당한 게 처음인지라 심적인 충격이 클 수밖에 없었다.

그러거나 말거나 장호웅은 빠르고 안정적인 걸음으로 그녀를 처소로 데려갔다.

한데 그가 막 처소 앞에 이르렀을 때였다.

팍!

장호웅의 앞에 나뭇가지 하나가 강하게 날아와 꽂혔다.

위협!

노골적이고 어설프다!

장호웅이 무심한 시선으로 자신에게 이런 같잖은 짓을 한 대상을 바라봤다.

"누님에게 무례를 범하지 마시오!"

'남매였던가?'

장호웅이 어느새 처소의 난간을 뛰어넘어 자신 앞에 내려선 진호군을 바라보며 내심 눈에 이채를 담았다.

거의 받아본 적이 없던 황금왕 황대구의 지밀급 지령!

그 대상인 한 쌍의 남녀에 대해선 그리 큰 관심이 없었다. 그냥 명령을 받았으니, 임무를 충실히 수행할 뿐이었다. 그렇게 하기로 황대구와 계약을 맺었기 때문이다.

하지만 그녀를 구출하는 동안 의외로 소하연과 깊이 접촉

했다.

괭장한 미인!

사내인 이상 마음이 끌리지 않을 수 없다.

그래서 그녀를 위해 가차 없이 목숨을 걸었던 진호군에게 신경이 쓰였다. 두 사람의 관계에 처음으로 호기심이 생겼다. 자신도 모르는 새 말이다.

그런데 남매라니!

갑자기 기분이 좋아진다.

스륵!

소하연을 정중하게 바닥에 내려놓은 장호웅이 그녀에게 고개를 숙여보였다.

"동생분이 나오셨으니, 이만 저는 물러가겠습니다. 몸조리 잘하십시오."

"가, 감사합니다."

소하연이 자신도 모르게 말을 더듬거리며 장호웅에게 고개를 숙여 보였다.

그러자 장호웅이 문득 입가에 의미 모를 미소를 매달았다.

다시 봐도 역시 굉장한 미인이다.

그리고 신형을 돌려 세우려다 그가 문득 생각난 듯 진호군에게 한마디를 던졌다.

"무림은 사나운 곳일세! 지킬 것이 있는 자는 항상 자신의 능력과 당면한 상황에 대한 고려 속에 행동을 결정지어야만 할 것일세!"

"……."

그 말을 끝으로 장호웅이 바람같이 신형을 날렸다.

지체한 시간이 아깝다.

오늘밤의 사냥은 조금 빨리 행해야만 할 터였다.

*　　*　　*

툭!

투투투투툭!

갑자기 하늘 위에서 연달아 떨어져 내리는 머리통의 개수는 무려 서른 개가 넘었다.

정확히 은시 방면에 투입된 북경거상회의 흑검추종대의 총 전력과 일치하는 숫자!

'어떻게?'

흑검추종대 삼번대 조장 흑살귀조(黑殺鬼爪) 능비는 내심 의혹과 함께 두려움을 느꼈다.

북경거상회에서 받은 이번 임무!

처음부터 껄끄러웠다.

평범한 지방 무관을 치는데 흑검추종대 전체를 투입했다가 절반가량이 몰살당했다. 놀랍게도 무당파의 정예라 일컬어지는 칠성검수들과 이름 모를 고수들이 있었기 때문이다.

그후 흑검추종대 뿐 아니라 다른 무투조직까지 투입되어 추격대가 편성되었다.

목표는 호검관주의 처제, 소하연!

그녀의 납치였다.

다른 자들의 생사 따윈 고려의 대상이 되지 않았다.

한데, 운 좋게 은시 쪽을 맡았던 능비의 삼번대가 소하연과 진호군의 꼬리를 잡았다. 단 두 명, 그중 무공을 익힌 자는 애송이 진호군 한 명이니 그야말로 누워서 전병 먹는 것이나 다름없었다.

'분명 그랬는데…….'

내심 인상을 써 보인 능비가 재빨리 보법을 펼치며 신형을 빠르게 변화시켰다. 성명절기인 행운섬전보(幸運閃電步)의 구명절초로써 자신의 목숨을 구하려 한 것이다.

스스스슥!

그러자 그의 신형이 일순 몇 개의 분신을 일으켰다.

삼경의 끝에 달한 시간이다 보니, 어둠이 더욱 짙어져 그의 신형은 흡사 귀영(鬼影)이나 다름없어 보인다. 그 정도로 허실을 분간할 수 없었다.

그러나 능비가 회심의 미소와 함께 또 다른 성명절기인 오독조(五毒爪)를 펼치려 할 때였다.

피잉!

흡사 낚싯줄이 잔잔한 수면 위로 날아가는 듯한 소리와 함께 그의 얼굴이 허옇게 질렸다. 행운섬전보를 이용해 분영을 만들던 그의 목에 갑자기 예리한 은사(銀絲)가 휘어 감겼기 때문이다.

그리고 조여 온다!

"컥! 커컥!"

능비가 가쁜 숨을 헐떡이며 목을 휘어감은 은사를 끊기 위해 사력을 다했다. 즉사를 면한 것만으로도 그의 무공이 범상치 않음을 알 수 있을 터였다.

하나 그때 하늘에서 떨어져 내린 검은 그림자 하나!

피윳!

검과 함께다.

어둠, 그 자체나 다름없는 칠흑의 검이 능비의 미간을 양단했다. 어떤 다른 행위도 할 수 없을 만큼 순식간에!

흔들! 흔들!

은사에 매달린 채 공중에서 이리저리 부유하고 있는 능비의 시신을 장호웅이 무심히 바라봤다.

오늘 밤, 사냥의 마지막 수확!

이로써 북경거상회와 황금귀상련의 싸움은 확전이 불가피하게 되었다.

'그럴 만한 가치가 있는 일일 테지?'

잠깐 동안 떠오른 의혹!

곧 장호웅은 머릿속에서 지워 버렸다.

오랜만의 사냥!

매우 즐거웠다. 어느새 마음속 한구석에 자리 잡은 소하연의 매력적인 미모를 잠시 잊을 수 있었을 만큼 말이다.

그러니 그것으로 족하다.

어차피 얼마 남지 않은 계약의 집행일 뿐.

황금귀상련의 미래까지 걱정해 줄 이유는 없었다. 일단 그렇게 정리하기로 했다.

6장

봉황 문양과 황금동전!

무당산을 떠나고 얼마나 되었을까?

적천경, 나현, 구손, 황조경의 삼남일녀는 빠르게 내달려 호검관으로 향했다. 인근의 황금귀상련 비선 조직이 창위의 무당산 침공으로 인해 거의 괴멸되어 버렸기에 일단 사건의 발생지부터 확인하기로 한 것이다.

물론 거기에는 제자들을 걱정하는 적천경의 마음도 포함되어 있었다.

쌍령과 칠성검수가 고군분투하여 제자들을 피신시키긴 하였으나 호검관 자체가 불타버렸다. 그동안 받아들인 제자 중 고아나 빈곤한 집안 출신의 경우 유랑걸식을 하는 상황이 되었을 수도 있는 일이었다.

제자들의 수습!

사부된 자로서 가장 먼저 챙겨야할 일임에 분명했다.

휘이잉!

며칠 사이 한결 차가워진 바람 속에 적천경은 한동안 망연히 서 있었다.

얼마 전까지 호검관이었던 자리!

이젠 그냥 거대한 폐허가 되어 있었다. 화마가 휩쓸고 간 자리에 남아 있는 건 검게 탄 나무 기둥 몇 개와 주춧돌, 지난 칠 년여간 켜켜이 쌓아올렸던 추억뿐이다.

'연정에게 미안하구나…….'

첫 번째로 든 생각이다.

이곳.

이 공간.

아내 소연정의 집이 있던 장소다. 그녀의 아버지가 물려준 집과 텃밭이 있던 소중한 추억의 공간이었다.

그런 곳을 소연정은 아낌없이 적천경에게 내주었고, 함께 호검관을 일구었다. 작은 무관을 열고 경영해서 타지인인 적천경을 이 마을에서 나름 존경받는 무관주가 되게 만들었다.

그래서 적천경에게 있어 이곳, 호검관은 고향이나 다름 없었다.

어렸을 때 떠났던 고향보다 훨씬 의미가 있었다.

자신이 살고, 늙고, 죽어갈 곳이라 생각하고 있었다.

그리고 그 마음은 아내 소연정이 죽어, 호검관에 사당을 만들어 놓은 후 더욱 확고해졌다. 결코 이런 꼴이 되어서는 안 되는 장소였던 것이다.

꾸욱!

적천경이 자신도 모르게 주먹을 쥐었다.

마음속 한구석에서 일어난 분노의 불꽃을 그렇게 조용히 사르고 있었다.

그때 그의 배후로 황조경이 다가왔다.

"적 관주, 할 말이 있어요."

"황 소저……."

"다행히 연정 동생의 위패는 무사해요. 여기!"

황조경이 품 안에 곱게 안고 있던 위패를 건네주자 적천경이 소중히 받아 들고, 고개를 숙여보였다.

"……감사합니다. 그런데 제자들은 어찌 되었는지 알아보셨는지요?"

'무당산을 떠났을 때부터 왜 말투를 바꾼 거람? 너무 정중해졌잖아!'

황조경이 내심 불만스럽게 입술을 삐죽거려 보이곤 다시 입가에 미소를 지어 보였다.

"모두 무사해요. 인근에 집이 있는 애들이 몇 명씩 나눠서 챙겨주고 있었더군요."

"다행이로군요."

"제자들 잘 키우셨어요. 그러기가 쉽지 않은데 사형제간에 의(義)를 지키며 적 관주가 돌아오길 기다리고 있더군요. 다만……."

잠시 말끝을 흐린 황조경이 살짝 어두워진 표정이 되었다.

"……하연 동생과 호군의 행방은 묘연한 상태예요. 인근의 황금귀상련 비선 조직을 총동원하긴 했지만 이상할 정도로 흔적을 찾지 못하고 있더군요."

"무당산에서처럼 창위에서 손을 쓴 것이 아니겠습니까?"

"그 가능성을 배제할 순 없을 거예요."

"황 소저에게 다른 생각이 있으신 겁니까?"

"그게……."

황조경이 뭐라 설명을 계속 이으려다 입을 다물었다. 두 사람 쪽으로 폐허가 된 호검관 일대를 돌아다니던 구손이 다가왔기 때문이다.

"무량수불! 한꺼번에 원귀가 된 자들이 너무 많아서 천도제(天道祭)에 시간이 좀 많이 들었습니다."

'그 사이 천도제 같은 걸 하고 다녔던 건가?'

'역시 도사가 아니라 성복술사(星卜術士)가 어울리는 사람이야!'

적천경과 황조경의 시선이 자연스럽게 구손을 향했다. 그들과 함께 온 구손이 갑자기 호검관의 폐허 속으로 사라져서 기다리던 참이었다.

이해하기 힘든 사람!

하지만 항상 그가 하는 일에는 합당한 이유가 있었다. 그래서 그를 그냥 지켜봤었다.

그런데 천도제라니!

잠시 황당한 기색을 지었던 적천경이 쓴웃음과 함께 말했다.

"천도제는 잘 끝났습니까?"

나이를 따져서 나현, 구손, 적천경은 결의형제(結義兄弟)를 맺었다. 가장 나이가 적은 적천경이기에 말투가 예전보다 공손해졌다.

"적 현제, 천도제는 잘 끝났네. 하지만 원귀가 된 자들의 한(恨)이 너무 많아서 몇몇은 구천을 떠돌 것 같아 걱정일세."

"그건 안 된 일이로군요."

"그래, 그래서 말인데 이곳에서 며칠 머물면서 위령제(慰靈祭)를 따로 치러 주면 하는데, 적 현제는 어찌 생각하는가?"

"며칠이면 되겠습니까?"

"사흘이면 족할 걸세."

구손이 손가락을 세 개 꼽아 보이자 적천경이 미미하게 고개를 끄덕여 보였다.

"구손 형님께서는 그러도록 하십시오."

"적 현제도 위령제에 참여해야만 하네."

"저도요?"

"그래, 이곳의 주인은 어디까지나 적 현제 자네니까 반드시 진혼제에 참여해야만 하네."

"……."

적천경이 눈살을 가볍게 찌푸려 보였다.

구손이 이러는 데는 분명 다른 이유가 있을 터였다. 여태까지 그랬던 것처럼 말이다.

하지만 처제 소하연과 대제자 진호군의 생사가 불명인 상태였다. 여하한 이유가 있더라도 사흘이나 시간을 허비하고 싶진 않았다.

그 같은 적천경의 속내를 읽은 것일까?

구손이 갑자기 입가에 뜻 모를 미소를 매단 채 말했다.

"적 현제가 위령제에 참가할 뜻이 없다면 되었네. 적당히 악귀가 될 자들을 진혼(鎭魂)하고, 떠나는 것으로 하겠네."

"그래도 되겠습니까?"

"본래는 안 될 일일세. 위령은 구천을 떠도는 가엾은 혼백들을 위로하는 것이고, 진혼은 말 그대로 그들을 힘으로 내리 눌러버리는 것이니 말일세. 전자가 혼백들을 위한 행위라면, 후자는 인간세상만을 생각한 이기적인 폭거라고 할 수 있을 것일세. 하지만 모든 일이 그렇듯이 항상 제 마음대로 되는 것은 십중팔구밖엔 없는 것일 테지."

'진짜 단순히 혼백을 위로하고 싶었던 것인가…….'

적천경이 구손을 새삼스럽게 바라봤다.

알았다 싶으면 달라지는 사람이다.

지금 역시 그렇다.

그래서 한동안 더 지켜봐야만 할 것 같다.

그 같은 생각에 적천경이 빠져 있을 때 흥미진진한 표정으로 두 사람의 대화를 듣고 있던 황조경이 말했다.

"진혼제를 지내려면 제사도구가 필요할 테니, 제게 품목을 적어 주세요."

"굳이 그럴 필요는……."

적천경이 거절의 뜻을 표하려는데 구손이 얼른 도호와 함께 공수를 하고 나섰다.

"무량수불! 황 도우께서 도움을 주신다는 데 거절하는 건 도리가 아닐 테지요. 빈도가 얼른 품목을 적어서 드리겠습니다."

"그러세요."

"예, 잠시만 기다려 주십시오."

구손이 다시 공수를 해 보이고 품에서 지필묵을 꺼내서 세필로 진혼제에 필요한 물품을 적어갔다. 처음부터 이러려고 황조경 앞에서 말을 늘어놨던 것 같다.

잠시 후.

구손에게 진혼제에 필요한 물품 목록을 받아 든 황조경은 인근의 번화한 거리로 나갔다.

경쾌한 발걸음!

누가 보더라도 절세의 미녀라 할 법한 황조경에게 잡배들이 꼬이지 못하게 한다. 이 같은 보신경을 펼칠 수 있는 사람은 분명 무림인이었고, 그중에서도 일류급의 고수일 터였기 때문이다.

그래도 워낙 눈에 띄는 미모였다.

"예쁘다!"

"무림인이겠지?"

"근데 저런 미녀 무사가 어째서 이런 촌구석에 나타났담?"

"얼마 전 불에 탄 호검관 때문이 아닐까?"

여기저기에서 웅성거리는 소리가 들려왔다. 노골적으로 황조경의 매력적인 몸매를 힐끔거리는 자들도 있었다. 감히 무림 고수인 그녀에게 다가가진 못했으나 눈요기까지 사양할 생각은 없어 보인다.

물론 이런 일은 황조경에겐 다반사다.

어린 시절 무림에 나선 이후 줄곧 꼬리표처럼 달라붙던 일이기도 했다.

'무시! 무시!'

내심 중얼거리며 빠른 걸음으로 사람들을 헤치고 거리의 한복판으로 나아가던 그녀의 눈에 문득 이채가 어렸다.

'역시 있구나!'

그녀의 눈길이 닿은 장소!

주변의 다른 상점들과 다를 게 없는 작은 포목점이었다. 비단과 면포를 주로 다루는 터라 여기저기 각양각색의 천들이 늘어져 있었다.

그때 포목점 안에서 허리가 살짝 굽은 중년의 여인이 나왔다. 오른쪽 볼에 붙어 있는 커다란 점이 인상적이다.

"소저, 뭐 필요하신 거라도 있으신지요?"

"옷 한 벌 지어 입어 볼까 하고 왔어요."

"옷이라면……."

"물론 내 옷이에요. 붉은색 비단으로 일등급만 골라서 보여줘 봐요."

"……붉은 색 비단이라고 하셨습니까?"

"그래요. 봉황(鳳凰) 문양이 주가 되었으면 좋겠군요."

황조경의 첨언에 중년 여인의 볼살이 가벼운 떨림을 보였다. 그에 따라 커다란 점 역시 몇 차례 실룩거린다.

잠시뿐이다.

곧 내심의 동요를 얼굴에서 지워낸 중년 여인이 불쑥 손을 내밀었다.

"봉황을 원하시니 가져오신 것이 있을 테지요?"

"물론이에요."

황조경이 생긋 웃어 보이며 미리 준비해놨던 황동빛으로 반짝이는 동전을 중년 여인에게 건넸다.

"황금동전(黃金銅錢)!"

"내 품 안에 세 개 정도 더 있답니다."

"세 개나 더 있다는 겁니까?"

"보여드릴까요?"

"그, 그러실 필요는 없습니다! 이미 황금동전을 보여 주셨으니 봉황 문양의 손님으로 인정하겠습니다!"

가볍게 손사래를 친 중년 여인이 주변을 이리저리 둘러보더니 얼른 포목점의 문을 닫았다. 오늘 장사는 이쯤에서 파하기로 한 것 같다.

그 사이 마치 제집 들어가듯 포목점 안에 들어선 황조경이 내부를 이리저리 둘러보다 눈에 이채를 발했다.

'어쩐지 이상하다 했더니, 선객(先客)이 있었구나!'

봉황!

황금동전!

모두 하오문(下午門)과 관련된 것들이다.

하오문은 강호의 밑바닥을 전전하는 도둑, 창기, 도박패, 사당패등이 모인 조직으로 개방(丐幇)과 함께 최고의 정보망을 갖추고 있었다.

당연히 황금귀상련의 부련주인 황조경은 그동안 하오문과 꽤나 긴밀한 관계를 유지하고 있었다. 그들에게 엄청난 거금을 들여서 황금귀상련의 비선 조직이 파고들지 못한 중원 곳곳의 정보를 얻어내곤 했기 때문이다.

봉황 문양은 하오문의 각 지역 지부장급의 호출을 의미한다. 그리고 황금동전은 그 지부장에게 어떤 종류의 청부든 할 수 있는 권한을 뜻했다.

이는 대강남북의 모든 하오문에서 동일한 철칙 중 하나!

'그럼에도 이리 머뭇거린다는 건 선객이 보통내기가 아니란 뜻일 터!'

내심 황조경이 생각을 정리할 때였다.

포목점의 문을 완벽하게 닫은 중년 여인이 갑자기 자신의 얼굴을 손으로 뜯어냈다.

찌직!

'인피면구?'

황조경의 예상대로였다.

중년 여인은 인피면구로 자신의 진면목을 숨기고 있었다.

인피면구를 떼어 내고 위로 틀어 올렸던 삼단 같은 머리를 내려뜨리자 곧 이십 대 초반, 묘령의 여인이 모습을 드러냈다. 눈초리가 위로 치켜 올라간 전형적인 고양이상이다.

"저는 묘랑(猫琅)이라 합니다."

"황조경이라 해요."

"이름 높은 황금귀상련의 적봉황을 만나게 되었으니, 천녀(賤女) 삼생의 영광입니다!"

"과연 하오문이로군요. 처음부터 내 신분을 알고 있었던 것일 테지요?"

"적봉황 황 소저께서 호검관을 관리하기 시작하신지 몇

해가 지났으니까요."

'흥! 하오문의 잡것들이 과연 호검관과 내 관계를 이미 눈치채고 있었구나!'

내심 냉소한 황조경이 미미하게 고개를 끄덕여 보였다.

"그럼 말이 쉽겠군요. 묘 소저가 이곳의 책임자인 건가요?"

"그런 중책을 맡기엔 천녀의 기량이 아직 부족합니다."

"그럼 책임자는 어디에 있는 거죠?"

"그것이……."

묘랑이 말끝을 흐리며 머뭇거렸다. 역시 선객이 있어서 시간을 끌다가 황조경이 단도직입적으로 질문하자 말문이 막힌 것이다.

데굴!

황조경이 묘랑의 눈동자가 향하는 방향을 단숨에 간파해 냈다.

'저쪽이로군!'

황조경이 기감을 포목점의 한쪽 구석, 비단천이 가지런히 쌓인 매대의 뒷공간으로 집중했다. 그곳에 자신보다 먼저 이곳을 찾은 선객이 하오문의 지역 책임자와 있을 것임은 자명한 사실이었다.

'응? 선객이 아니라 불한당이었던 건가? 그렇다

면…….’

갑작스러운 깨달음과 함께 황조경이 묘랑을 살짝 흘겨봤다. 그녀가 자신에게 일부러 비밀 통로가 있는 방향을 알려줬다고 여긴 때문이다.

물론 묘랑은 이미 딴청이다.

전혀 자신은 지금 비밀 통로 안쪽에서 벌어지고 있는 일련의 일과 어떠한 관계도 없다는 태도다. 정말 하오문의 여인 아니랄까 봐 뻔뻔스럽기가 한량없다.

하지만 본래 목마른 사람이 우물을 파는 법이다.

‘……나중에 두고 보자구!’

내심 묘랑에게 후일을 기약한 황조경이 내공을 북돋워서 비밀 통로를 향해 일장을 쪼개냈다.

쾅!

당연히 그 뒤는 돌격이다.

슥!

발끝으로 지축을 박찬 그녀의 신형이 한줄기 바람이 되어 휜하게 모습을 드러낸 비밀 통로 속으로 뛰어들었다.

“우와아!”

갑자기 비밀 통로를 향해 장력을 쏟아내 박살내고, 그 속으로 뛰어든 황조경을 보며 묘랑이 탄성을 터뜨렸다.

— 적봉황 황조경!

중원 삼대 거상 중 하나인 황금귀상련의 젊은 부련주로 이미 명성을 드높인 지 수년째였다. 황금왕 황대구의 후계자로써 새파랗게 어린 시절부터 무수히 많은 난제를 해결해서 현재의 위치를 실력으로 차지했다고 알려졌다.

물론 묘랑은 그 같은 소문을 믿지 않았다.

태어날 때부터 금수저를 문 천금소저가 황조경이었다.

그녀와는 완전히 다른 세상의 사람이었다.

세상에서 전해지는 얘기는 모두 꾸며진 것이라 여겼다. 그게 강호의 밑바닥을 전전하며 하오문의 중간 간부가 된 그녀가 알고 있는 진짜 세상에서 통용되는 진실이었기 때문이다.

그래서 살짝 시험해 봤다.

얼마나 대단한지, 얼마나 유능한지 확인하고 싶었다.

"뭐, 일단 눈치는 나쁘지 않은 것 같네……."

잠정적인 결론이다.

그런 식으로 황조경의 기민한 판단력과 실행 능력을 어느 정도 인정했다. 그리고 살그머니 뒤로 뒷걸음질 치기 시작한다. 이제부터 발생할 대형 사고에 결코 휘말려들 생각이 없었으니까.

'……하지만 운이나 무공도 그만큼 좋을진 모르겠네! 강호에서 절대 건드려선 안 될 자와 곧 맞닥뜨릴 테니까 말야!'

그렇다.

그게 그녀가 황조경을 도발한 진정한 이유였다.

태어날 때부터 시작점이 달랐던 그녀!

하지만 이번만큼은 잘난 황금귀상련의 그늘로도 문제를 해결하기가 쉽지 않을 터였다. 그곳보다 더 힘세고 무서운 집단이 끼어들었으니 말이다.

후다닥!

거기까지 생각한 후 묘랑이 뒤도 돌아보지 않고 포목점 밖으로 내달렸다.

쾅!

세 번째 문이다.

이번에는 조금 강도가 세서 단번에 박살나지 않았다.

"강철이잖아!"

황조경이 짜증스러운 표정으로 소리쳤다.

비밀 통로로 뛰어든 후 점차 어두워져 지금은 거의 문의 윤곽만 보일 뿐이었다.

그래서 아무 생각 없이 문을 향해 장력을 발출했는데, 반탄력에 손바닥이 아파왔다. 강철을 덧대어서 만든 문인지라 그녀의 장력을 오히려 튕겨 내버린 것이다.

그렇다고 해서 포기할 황조경이 아니다.

휘릭!

신형을 가볍게 회전한 황조경의 늘씬한 다리가 강철문을 회축(回蹴)으로 때렸다.

쾅!

이번에는 통했다.

강철문이 그녀의 회축을 견디지 못하고 박살나면서 휑한 내부를 드러냈다.

움찔!

황조경이 소매로 눈 주변을 가렸다.

강철문의 안쪽에서 환한 불빛이 쏘아지듯이 그녀의 눈 속으로 파고들어 왔다. 어둠에 익숙해졌던 눈이 갑작스러운 불빛의 공격에 일시 기능 정지가 되어 버렸다.

쉬이익!

그리고 그 찰라의 틈을 노리고 파고든 기괘한 일격!

'정석이네!'

황조경이 내심 감탄하며 허리를 바짝 숙여보였다. 회축을 한 반동을 이용해 몸을 바닥에 쓸 듯이 바짝 붙였다. 여인 특유의 탄력이 없다면 흉내조차 내지 못할 일!

휘리릭!

그녀의 머리 위로 기다렸다는 듯 기경이 스쳐 갔다.

'장병(長兵)?'

황조경이 눈살을 찌푸렸다.

무림 중에 장병을 사용하는 사람이나 세력은 그리 많지 않다. 패용이 힘들고, 관부의 제지를 받기 때문이다.

하물며 이곳은 비좁은 공간이다.

대뜸 장병을 사용하기엔 불편하다. 한차례로 공격이 성공하지 못한다면 간격을 좁혀 든 상대에게 반격을 당해서 곤란에 빠질 가능성이 농후했다. 지금처럼 말이다.

스슥!

한쪽 발을 길게 뻗어서 신형을 바닥에 바짝 붙인 채 황조경이 기쾌하게 앞으로 파고들었다. 여전히 눈가를 소매로 가린 대신 청력을 극한까지 끌어올렸다.

파팍!

얼굴을 가린 소매의 다른 쪽!

칼날 같은 기경이 담겨진 다른 소매가 회전을 보인다. 순간적으로 간격을 좁힌 후 장병으로 공격한 상대에게 회심의 일격을 가한 것이다.

그러나 이게 어찌 된 일인가!

카캉!

쇳소리가 터져 나왔다.

황조경이 펼친 회심의 건곤참마수(乾坤斬魔手)가 무위로 돌아갔다. 무언가 굳건한 병기에 부딪쳐서 기경자체가 흩어져 버렸다.

'분명 장병이었을 텐데?'

의혹보다 더욱 급한 건 방어다.

휘릭!

황조경이 재빨리 신형을 뒤로 뒤집으며 원앙연환퇴를 펼쳤다. 혹시 재수로 상대가 공격하러 나섰다가 얻어걸리길 바란 것이다.

물론 그런 일은 일어나지 않았다.

고수!

그것도 절정급 고수다.

첫 번째 기습은 그렇다 치고 체면을 잊고 무리하게 여인을 공격할 리 없었다.

슥!

처음으로 신형을 바로 한 황조경이 그제야 눈가를 가리고 있던 소매를 내렸다. 상대가 더 이상 공격할 의사가 없음을 확인했으니, 이제 무력에 의지하는 건 그만둘 때가 되었다. 그리고 놀라서 눈이 동그래졌다.

"어?"

"여어! 황 소저!"

황조경이 나현의 유들거리는 얼굴과 미소를 확인하고 아미를 가볍게 찡그려 보였다.

"어떻게 된 거예요?"

"그러는 황 소저야말로 어찌 된 일이오? 갑자기 막 문을 부수고 들어오고 말이오!"

"그건……."

황조경이 뭐라 변명하려다 눈앞에 펼쳐져 있는 기괴한 광경에 입을 가볍게 벌렸다.

"……무슨 짓을 하신 거예요?"

"그야 내가 가장 잘하는 짓이지 않겠소?"

"그게 뭔데요?"

"고문!"

나현이 단호한 한마디와 함께 벌거숭이가 된 채 바닥에 엎드려 있는 중년 사내의 엉덩이를 손바닥으로 철썩 때렸다. 참 소리가 찰지다.

* * *

황조경은 두 볼이 퉁퉁 부어 있었다.

그녀보다 먼저 하오문 지부에 뛰어든 나현이 벌인 일은 천인공노(天人共怒)할 만했다.

일대 하오문의 총책임자!

일종의 지부장이라 할 수 있는 십살귀(十殺鬼) 염독은 창위의 표식을 내민 그에게 속아서 몇 가지 정보를 내줬다. 창위의 위세가 무서워서 무전무보(無錢無報)인 하오문의 기본 원칙마저 어긴 것이다.

한데 나현은 그것만으로 만족하지 않았다.

창위!

그중에서도 고문에 극도로 심취해 있던 부영반 주약린의 휘하로 오랫동안 복무한 그는 사람의 심리를 잘 파악했다. 특히 거짓말을 하는 자들을 본능적으로 간파해내는데 탁월한 능력이 있었다.

어디까지나 나현 자신의 주장이다!

이번 역시 그의 본능이 움직였다. 십살귀 염독이 너무 쉽게 정보를 털어놓은 것이 의혹을 부추겼음은 물론이었다.

그래서 그는 서슴없이 자신의 또 다른 특기를 발휘했다.

고문술!

가끔 주약린에게 칭찬을 받았던 절세의 묘기로 십살귀 염독이 한 거짓말 속에서 진실을 추출해내려 했다.

"단지 그 같은 이유로 사람을 이렇게 만들어 놓은 거예요?"

"물론이오."

"그래서 그 '진실' 이란 건 알아내셨나요?"

"점차 근접해가고 있었소."

"근접해 가고 있었다?"

"그렇소. 확실히 정보계에서 잔뼈가 굵은 녀석이라 일반적인 고문으로는 입을 열게 하기가 쉽지 않더구려. 그래서 이제 슬슬 내 가장 뛰어난 특기인 성고문에 들어가려던 참인데, 황 소저가 철문을 부수고 들어온 것이오."

'서, 성고문…….'

황조경은 정신이 아득해지는 걸 느꼈다.

십살귀 염독!

본래 그녀와 어느 정도 친분이 있는 사이다. 적천경의 호검관에 문제가 생기지 않게 하기 위해 몇 차례 방문해서 거래를 한 적이 있었다.

무림명이 말해 주듯 은퇴한 살수!

과거에는 강남 일대에서 제법 날린 적이 있었으나 지금은 평범한 작은 마을에서 정보 거래나 하는 뒷방 늙은이였다. 창위의 고문술사의 화려한 고문술에 입을 굳게 다물고 있을 만큼의 강단은 이미 존재하지 않는다는 뜻이다.

"……하아!"

결국 길고 깊은 한숨을 내쉰 황조경이 나현에게 타이르듯 말했다.

"나 대협, 고문 따윈 더 이상 하실 필요가 없어요."

"황 소저에게 다른 좋은 수가 있는 것이오?"

"예, 제게 이분의 입을 열게 할 방도가 있어요."

"그럼 혹시 구면……?"

"예."

황조경이 고개를 끄덕여 보이자 나현의 얼굴에 살짝 실망의 기색이 스쳐 갔다.

'설마 성…… 고문을 하지 못하게 되어서 실망한 건 아닐 테지?'

내심 두려운 마음을 가다듬은 황조경이 나현을 외면한 채 십살귀 염독에게 다가갔다.

투툭!

발끝을 움직여 마혈을 해혈하자 염독이 바닥에 얼굴을 깊숙이 박았다.

끄윽 대는 소리!

나이 오십이 넘어서 울음을 소리 죽여 삼킨다. 차마 얼굴은 들어 올리지조차 못한다. 수치심에 죽고 싶은 심경이 되어 버린 것이다.

황조경이 그런 염독을 잠시 처연하게 바라보다 나현에게

눈짓을 보냈다.

“나 대협, 우리 잠시 밖으로 나가죠?”

“자살 같은 걸 하면 곤란하지 않겠소?”

‘그럼 그런 짓을 하지 말던가!’

내심 버럭 소리를 지른 황조경이 노파심에 염독에게 말했다.

“황금동전을 가져왔어요. 정식으로 하오문에 청부를 의뢰하려는 거니까 나쁜 마음은 품지 말아주세요.”

“…….”

“대답하세요. 그래야 내가 나 대협과 나가죠!”

“…….”

염독이 대답 대신 미미하게 고개를 까닥여 보였다. 상상을 초월하는 고문으로 인해 만신창이가 된 정신과 육신을 추스릴 혼자만의 시간이 간절하게 필요했기 때문이다.

잠시 후.

가까스로 의관을 정제한 염독이 황조경과 마주 앉았다.

퉁퉁 부어오른 얼굴.

반쯤 쥐어뜯긴 머리카락.

손가락 역시 절반가량 부러져서 천으로 꽁꽁 싸매져 있다. 아마 발가락이나 관절 몇 개도 비슷한 꼴이 되었으리라.

'그것보다 항…… 문은 괜찮은 걸까?'

항문.

황조경이 들어오기 전까지 꽤나 참혹한 꼴을 당하고 있었다. 차마 처녀의 신분으로 관찰에 전념치는 못했으나 대충 어떤 짓을 당했는지는 짐작이 갔다. 그리고 이후 어떤 꼴을 당하기 직전이었는지도.

내심 살짝 고개를 치켜올린 호기심을 머릿속에서 재빨리 지워 버린 황조경이 위로의 말을 던졌다.

"고생이 많으셨습니다."

"큭!"

염독이 울컥한 심사가 폭발한 듯 어깨를 가볍게 들썩였다. 목구멍을 통해 괴상한 소리가 흘러나왔다.

그러나 그 역시 노회한 전직 살수였다.

현재는 작으나마 한 지역을 맡고 있는 하오문의 책임자였다.

곧 북받치는 감정을 추스린 그가 손을 내밀었다.

"황금동전을 가져오셨다고 하셨지요?"

"여기 있어요!"

황조경이 황금동전을 건네주자 염독이 퉁퉁 부은 눈을 손가락으로 까뒤집었다. 황금동전이 진품인지 확인하기 위함이었다.

"진품이 맞소이다."

"그럼 바로 본론에 들어가죠! 호검관 일대에 깔려 있던 황금귀상련의 비선에 대한 모든 정보를 털어놔 주세요!"

"그건……."

염독이 놀란 기색으로 황조경을 바라봤다.

구면인 사이!

황조경 정도의 절륜한 미색은 강호 전체를 뒤집어 봐도 손가락을 꼽을 정도이니 착각이란 있을 수 없다. 황금귀상련의 주인 황금왕 황대구의 무남독녀(無男獨女), 유일무이(唯一無二)한 후계자, 철혈의 피를 지녔다는 적봉황이 바로 눈앞에 있는 여인의 정체였다.

'……설마 내가 모르는 사이 황금귀상련에서 내분이라도 일어난 것인가?'

그럴 만한 기미는 없었다.

최소한 염독이 책임지고 있는 구역에서는 말이다.

하지만 강호의 인심이란 사나운 법!

어떤 괴상망측(怪常罔測)한 일이 벌어진다 해도 놀랍지는 않다. 그런 세상에서 염독은 오십 평생을 보내왔다.

슬슬!

고심에 빠져 잠시 수중의 황금동전을 손가락으로 문질러

보인 염독이 천천히 고개를 끄덕여 보였다.

"황금동전이 진품이니, 원하시는 정보를 내드리도록 하겠소이다."

"고마워요."

"단!"

문득 목청을 높여 황조경의 주목을 끌어낸 염독이 살짝 자라목이 되어 말했다.

"밖에 있는 육선문의 대인과의 관계에 대해 해명해 주셨으면 좋겠소이다."

"복수하시게요?"

"하오문의 율법을 잘 알고 계시지 않소이까? 하오문의 피 빚은 십 년이 지나도 씻겨 내려가지 않는 법이외다!"

"잘 알고 있어요. 하지만 이번 건은 그냥 넘어가는 편이 좋을 거예요. 물론 강요는 아니에요. 하지만 그동안 하오문과 본련이 맺은 좋은 관계를 작은 일로 깨고 싶진 않네요."

"작은 일이라니……."

염독이 마음이 상한 표정으로 중얼거리자 황조경이 품에서 전낭 하나를 꺼내 바닥에 내려놨다.

"황금으로 귀신도 부리는 게 하오문이잖아요? 이 정도면 위로금으로 부족하진 않을 거예요."

"……날 회유하려는 것이오?"

“그보다는 앞으로도 잘 지내자는 내 마음이에요.”

황조경이 전낭을 열자 안에서 환한 빛이 번뜩였다. 황금 수천 냥의 가치를 호가하는 금강석(金剛石)이 몇 개나 나온 것이다.

“그 마음! 고맙게! 받겠소이다!”

언제 각을 내세웠냐는 듯 염독이 전력으로 소리치며 전낭 안에 금강석들을 쓸어 넣었다.

표정이 갑자기 참 환해졌다.

금강석 몇 알!

염독이 수십 년간 살수를 하면서 번 돈의 몇 곱절이 넘는 가치를 지녔다. 나현이 행한 고문의 후유증과 복수심을 말끔히 날려 버리는 청량제(淸涼劑)라 아니할 수 없었다.

‘뭐, 그럼 이쪽 일은 이쯤해서 되었고…….’

황조경이 염독을 따뜻한 시선으로 바라보며 내심 고개를 끄덕이고 시선을 밖으로 던졌다.

하오문 앞에서 갑작스레 조우한 나현!

그와 이제부터 할 말이 조금 많아질 듯했다.

각자 다른 쪽에서 움직인 정보 전문가 두 사람이 한 곳에서 만났다는 건 결코 쉽게 넘길만한 사안이 아니었다. 어쩌면 예상치 못한 곳에서 실마리가 풀릴 수도 있었기 때문이다.

*　　*　　*

'부련주님이 보이지 않네?'

교령은 폐허가 된 호검관 쪽을 살피다 눈살을 가볍게 찌푸려 보였다.

대략 보름쯤 지났을까?

무당파 자소궁에서 쌍령과 조우했던 황조경은 그날이 가기 전 감쪽같이 자취를 감추었다. 교령에게 호검관이 기습당한 일을 전해 듣고서 그녀는 곧바로 적천경 등과 함께 무당산을 떠나가 버렸다.

덕분에 교령은 동생 영령과 함께 한동안 무당파에 억류되어 있어야만 했다. 호검관주 적천경과 황금귀상련의 관계에 대해 무당파 장문인 현무진인과 매화검신 유원종이 지극한 관심을 보였기 때문이다.

당연히 모든 상황의 해결은 교령의 몫이었다.

이런 일이 발생했을 때 동생 영령은 전혀 도움이 되지 않았다.

아니다.

이번에는 아주 큰 도움이 되었다.

인질? 볼모?

그 비슷한 용도로 동생 영령을 무당파에 남겨 놓은 덕분에 영령은 수일 만에 자유의 몸이 되었다. 황금왕 황대구의 밀명을 수행할 수 있게 된 것이다.

하지만 이 묘한 마음의 동요는 무얼까?

멀리 폐허가 된 호검관을 고독하게 바라보고 있는 적천경을 바라보는 교령의 눈가에 작은 수심이 깃들었다.

'차라리 그냥 무당산에 남아 있는 편이 더 좋았을지도…….'

내심 자신만이 이해할 수 있는 심사를 내뱉은 그녀가 호흡을 정리하고 은신하고 있던 곳을 벗어났다. 적천경의 초인적인 무력을 익히 아는 터라 무리수는 둘 생각이 없었다.

7장

과거의 화살! 칠 년의 세월!

"적 관주님!"

"교령 소저……."

적천경이 자신의 이름을 불러 주자 교령이 바닥에 털썩 엎드렸다.

"……이게 무슨 짓이오!"

"부디 제 잘못을 용서해 주세요!"

"일단 일어서시오!"

적천경이 말로만 그치지 않고 내기를 일으켜 오체투지(五體投地)를 한 교령을 일으켜 세웠다.

그러자 교령이 고개를 잘래잘래 흔들었다.

앙다문 입술.

평소 조용한 성격이던 그녀의 강단과 고집이 느껴진다. 어떻게든 자신의 고집대로 하고야 말겠다는 의지를 여실히 드러내고 있었다.

'이러다 몸이 상하겠군!'

적천경이 내심 눈살을 가볍게 찌푸리고 내기의 강경한 기운을 부드럽게 반전시켜 교령의 몸을 감싸 안았다. 그녀의 작은 몸에 무리를 최소화시키기 위함이었다.

휘청!

교령의 몸이 흔들렸다.

거센 바람에 휩싸인 작은 묘목 같다.

그렇게 쓰러지려는 그녀의 작은 몸을 적천경이 손을 뻗어 살짝 붙잡았다.

풀썩!

얼떨결에 적천경의 품에 안긴 교령의 얼굴이 순식간에 새빨갛게 물들었다. 영민하고 냉철한 그녀답지 않게 심한 부끄러움에 영혼 자체가 얼어붙어 버린 것 같다.

적천경이 그런 그녀를 품에서 살며시 떼어 내곤 타이르듯 말했다.

"교령 소저, 이런 짓을 소저답지 않을뿐더러, 날 곤란하게 하는 행동이란 걸 아시오?"

"죄, 죄송합니다."

"죄송할 것은 없소. 항상 교령 소저에게는 고마워하고 있었으니 말이오. 그러니 다시는 이런 일이 없도록 해 주시오."

'저도 그럴 일이 없었으면 합니다…….'

교령이 자신만 아는 속내를 토로하고 시선을 밑으로 내려뜨렸다. 적천경의 얼굴, 넓은 가슴, 향기로부터 벗어나고 싶었기 때문이다.

심장의 여린 두근거림 역시 마찬가지다.

애써 제멋대로 뛰노는 심장의 박동을 평상시로 되돌린 교령이 한차례 심호흡과 함께 다시 적천경과 눈을 맞췄다. 몇 가닥 흘러내린 머리카락 사이로 아직 없어지지 않은 작은 흉터가 보인다.

'호검관이 기습을 당하던 밤, 입은 상처인 걸까?'

적천경이 눈에 이채를 담을 때였다.

교령이 평상시로 돌아간 표정, 눈빛으로 말했다.

"저와 영령은 무당파의 칠성검수분들과 함께 기습을 감행한 자들과 분전을 벌였습니다. 다행히 그들 중 상당수를 격퇴하는데 성공했으나 그 사이 호검관에 불이 났습니다. 그리고 하연 언니, 호군의 행방이 묘연해졌습니다. 아마 난전 중에 적들에게 붙잡혀 간 것이 아닌가 생각됩니다."

"교령 소저가 무사해서 다행이오."

"감사합니다. 하지만 하연 언니, 호군의 행적을 아직 발견하지 못해서 걱정입니다."

"그건 너무 걱정하지 마시오. 호군은 그리 약한 녀석이 아니고, 적들이 호검관을 기습하고 처제를 납치하려 한 데는 분명 합당한 이유가 있을 테니까."

"그건……."

교령이 말을 이으려다 입을 다물었다. 문득 적천경의 눈빛이 여태까지와 달리 강렬해졌다고 여긴 때문이다.

'……역시 적 관주님에게 하연 언니는 소중한 사람이로구나! 부련주님도 그 같은 사실을 알고 계신 걸까? 어맛! 내가 무슨 생각을 하고 있는 거람!'

언뜻 고개를 치켜 올렸다.

얄궂은 마음!

혹은 추악하게 일그러진 심사가 상관인 황조경을 향했다. 자신과는 달리 당당하게 적천경에게 구애하고 있는 그녀에 대한 부러움과 질투의 발로였다.

그 같은 속내를 자각한 교령의 작은 입술이 꼬물거렸다.

비틀린 마음!

썩은 내가 진동하는 것만 같다. 마음 한구석에서 아릿한 고통이 피어오른다.

그때 교령의 귓전으로 묘한 도가의 경구가 흘러 들어왔다.

성인은 상심(常心)이 없어 백성의 마음으로써 마음을 삼는다.

착한 사람도 나는 착하다 하고, 착하지 못한 사람도 나 또한 착하다 한다.

덕이 착한 것이다.

진실한 사람도 나는 진실하다 하고,

진실하지 않은 사람도 나 또한 진실하다 한다.

덕이 진실한 것이다.

성인은 천하에 있어서 틈틈이 천하를 위해 그 마음을 혼돈하게 한다.

백성은 다 그 귀와 눈을 쏟는다.

성인은 다 어린아이로 만든다.

도덕경(道德經)이다.

도가뿐 아니라 민가에까지 전파된 너무나 유명한 구절 중 한 대목이었다.

그래서 교령 역시 대충 내용을 숙지하고 있었다.

사실 무당파로 가는 동안 살아남은 칠성검수 중 한 명이 몇 차례 중얼거리곤 하던 걸 옆에서 들었다. 그냥 길을 가다 보게 되는 평범한 배경 중 하나일 뿐이었다.

한데 아니다.

지금은 그런 평범한 배경이 아니었다.

귀에 쏙쏙 들어와 박혔다.

재회한 적천경을 앞에 두고 혼란스럽던 머릿속으로 낭낭하게 파고들어 와 제멋대로 자리 잡았다. 그녀로 하여금 한마디 한마디를 생각하게 만들었다.

'이 말은 설마 날 꾸짖고 있는 걸까?'

그 같은 생각과 함께 교령이 적천경에게서 시선을 떼어낸 것과 동시였다.

저 멀리…….

어느새 한 쌍의 남녀가 모습을 드러냈다.

황조경과 나현!

각기 따로 떠나갔던 그들이 호검관으로 돌아왔다. 적천경이란 공통분모를 향해 복귀한 것이다.

*　　*　　*

타닥! 탁!

환하게 형성된 불꽃의 중심부로부터 몇 개의 불똥이 연달아 터져 나왔다.

어느새 어두워진 주변!

삽시간에 천하를 자신의 거대한 장막으로 덮어 버린 밤의 여신이 잠시 화들짝 소스라쳤다. 어둠의 일부를 불꽃으로 도려낸 불똥 사이로 기묘한 향연이 일어나 빠르게 그녀의 영역 일부를 잠식해 버린 때문이다.

물론 잠시뿐이다.

아주 작은 단편에 불과했다.

곧 밤의 여신은 다시 자신의 장막을 온전하게 되찾았다.

하늘로 튀어 오른 몇 개의 불똥!

그 사이로 퍼져 나간 기묘한 향연!

그 모든 것이 아주 빠르게 자취를 감춰버렸다. 마치 처음부터 그런 일 따윈 존재하지 않았던 것처럼 말이다.

짝! 짝!

순간 두 차례 박수로 고요의 한 자락에 상처를 입힌 구손이 담담한 표정으로 합장했다.

"옴 마니 반메 흠!"

'옴 마니 반메 흠?'

구손의 진혼제를 흥미로운 기색으로 지켜보고 있던 황조경이 황당한 기색으로 그를 쳐다봤다.

도가의 대종인 무당파의 제자!

그것도 평생 학문을 연구해 온 학도라는 구손이 갑자기 괴상한 진경을 외웠다. 진언을 중얼거렸다. 성복술사나 모산파의 술사 같은 사람이니 대충 이해하고 넘어갔다.

한데 이번에 딱 걸렸다.

진언!

도가가 아니라 불교와 관련된 용어이다.

관세음보살 본심미묘 육자대명왕진언[觀世音菩薩 本心微妙 六字大明王眞言], 육자대명왕다라니[六字大明王陀羅尼], 옴 마니 파드메 훔이 본래의 용법이라 할 수 있다.

이는 불교의 천수경에 나오는 관세음보살의 진언이다. 밀교를 비롯하여 불교에서 사용되는 대표적인 주문 가운데 하나이기도 하다.

대승불교의 경전인 '육자대명왕다라니경(六字大明王陀羅尼經)' 및 '불설대승장엄보왕경(佛說大乘莊嚴寶王經)' 등에서는, 이 진언을 부르면, 여러 가지 재앙이나 병환, 도적 등의 재난에서 관세음보살이 지켜 주고, 성불을 하거나 큰 자비를 얻는다고 알려져 있다.

그러니 구손이 진혼제에 이 같은 진언을 사용한 건 일견 틀린 것이 아니라 할 수 있었다. 정확한 용법의 진언을 적절하게 사용했다고 볼 수 있었다. 그가 도사가 아니라면 말이다.

'뭐, 여태까지의 행동을 보면 평범한 도사같지도 않지만…….'

내심 이맛살을 찌푸려 보인 황조경이 구손에게 조심스럽게 말했다.

"……구손도장님, 도사가 불교 진언 같은 거 막 사용하고 그래도 되는 거예요?"

"당연히 되지요!"

"예?"

"의아하게 생각하실 필요가 없습니다. 본래 도교와 불교는 한 뿌리를 가졌다고 봐도 무방하니까요."

"그래도 각자 섬기는 신이 다르잖아요?"

"신이라기보다는……."

묘한 미소와 함께 구손이 말끝을 흐렸다. 종교적인 편견에 사로잡혀 있는 황조경에게 쉽게 설명할 말을 고르기 위함이었다.

곧 그가 생각을 정리한 듯 설명을 이었다.

"……도교와 불교는 사실 신을 섬기는 게 아니라 수련과 명상을 통해 신이 되어 가는 과정이라 할 수 있습니다. 어떤 사람이든 수련과 깨달음을 통해 신선이나 부처가 될 수 있는 것이지요."

"예! 그럼 신선이나 부처는 그냥 도사나 화상들의 두목인 건가요?"

"그럼 셈이지요."

"……."

구손을 도발하기 위해 무리수를 뒀던 황조경이 입을 가볍게 벌렸다. 태연하게 자신의 도발적인 말을 받는 그의 대범함에 살짝 기가 질려버린 것이다.

그러자 구손이 입가의 미소를 살짝 짙게 만들었다.

"사실 도사나 화상들 사이에서도 이런 논쟁은 제법 잦은 편이니 황 도우가 이상하게 생각하는 것도 무리는 아닙니다. 하지만 우리 도사들이 자주 들먹이곤 하는 '무량수불(無量壽佛)' 만 해도 사실 부처님의 한없는 수명을 찬양하는 말이라 할 수 있습니다."

"그러고 보니 정말 그러네요?"

"예, 실제로 그렇습니다. 그래서 진혼제를 올릴 때 빈도가 불교 중 일맥인 밀종의 천수경을 외운다한들 이상할 것이 없는 것입니다."

"그거……."

잠시 말끝을 흐린 채 구손을 바라보던 황조경이 배시시 웃어 보였다.

"……사실은 무당파에서 구손도장님만 그렇다고 주장하는 건 아닐 테지요?"

"그럴지도 모르지요."

"그러다 파문당하면 어쩌려고요?"

"하하, 그 역시 어쩔 수 없는 일일 테지요."

결국 입가에 매달려 있던 미소를 대소로 바꾼 구손이 주변의 어둠을 향해 손을 몇 차례 휘저어 보였다.

별다를 게 없어 보이는 손동작!

"아!"

황조경이 나직이 탄성을 터뜨렸다. 문득 구손이 휘저어 놓은 밤의 장막 사이로 몇 개의 기묘한 불빛이 사라져가는 모습을 본 듯했기 때문이다.

잠시뿐이다.

곧 그녀는 흑백이 또렷한 눈을 몇 차례에 걸쳐 깜빡거렸다.

거짓말 같다.

그 외엔 표현할 길이 없을 만큼 순식간에 그녀를 놀라게 한 불빛들은 사라졌다. 마치 한바탕 꿈이라도 꾼 것처럼 그리 되었다.

"휘이! 휘이!"

구손이 그런 황조경의 정신을 되찾아 놓으려는 듯 다시 손을 휘저어 보였다.

학도이기에 손바람 따위가 일 리 없다.

그는 입으로 연신 바람 소리를 냈다. 반드시 그래야만 한다는 듯이 그리했다.

"풋!"

황조경이 그 모습을 보고 웃음을 터뜨렸다. 어느새 경이와 공포가 혼재되어 있던 얼굴 표정이 크게 환해졌다.

'날 위해서 그런 것일 테지?'

총명한 그녀가 구손의 갑작스러운 기행의 이면을 꿰뚫고 정중하게 공수해 보였다. 치하의 말 역시 잊지 않는다.

"구손도장을 따르다보니, 참 많은 경험을 하게 되네요. 좋은 경험을 시켜줘서 고마워요."

"좋은 경험이라 말씀해 주시니 오히려 빈도가 감사할 따름입니다."

"하지만 사실 다시는 경험하고 싶지 않네요."

"황 도우님의 말씀대로 되실 겁니다."

"예언인가요?"

"글쎄요."

미묘한 표정으로 은근한 황조경의 질문에 답을 한 구손이 밤하늘을 올려다보았다.

밤의 장막 사이로 별이 반짝인다.

아주 많다.

그리고 문득 그 사이를 가르며 떨어져 내리는 유성(流星)

하나!

'유성……!'

황조경이 구손을 따라 밤하늘을 올려다보다 뒤늦게 양손을 합장했다. 소원을 빌기 위함이다. 그것도 매우 사적인 소망을 담뿍 담아서 말이다.

그때 합장과 함께 두 눈까지 꼬옥 감은 황조경에게 구손이 지나가는 말처럼 한마디를 던졌다.

"그런데 황 도우님, 가셨던 일은 잘되셨습니까?"

"응? 아! 잘 안됐어요."

"그건 곤란하군요."

"그냥 곤란한 정도가 아니에요. 아주 큰 문제가 발생했다고요!"

자신도 모르게 목소리를 높였던 황조경이 주변을 이리저리 둘러봤다. 혹시 적천경에게 자신이 한 말이 들켰을까 봐 걱정이 된 것이다.

다행히 적천경은 부근에 없었다.

부인 소연정의 위패를 들고 호검관 뒷산에 있는 그녀의 묘소에 가서 아직 내려오지 않았다. 어쩌면 이 밤을 그곳에서 보낼는지도 모르겠다.

'여전히 연정을 잊지 못한 것일 테지…….'

질투심은 느껴지지 않았다.

오히려 다행이란 생각이 들었다.

무당산.

그곳에서 황조경은 생경한 적천경의 모습을 봤다. 아내 소연정이 죽은 후 흡사 속이 비어 버린 고목과 같이 변했던 그의 생생하게 살아난 진면목을 알게 되었다.

그래서 그녀는 조금 당황했다. 적천경의 변한 모습과 그에게 관심을 품기 시작한 여인네들에게 질투하는 자신이 너무 이상했기 때문이다.

특히 창위 부영반 주약린!

평생 처음으로 미모면에서 굴욕을 느끼게 한 그녀의 존재는 황조경에게 조바심을 느끼게 했다. 여인의 본능이 위험 신호를 보내왔다. 적천경이 확실하게 노려지고 있음이 절실하게 가슴에 와 닿았다.

한데 다시 돌아온 호검관!

폐허가 되어 버린 이곳에 도착한 적천경은 그녀의 이런 우려를 단숨에 불식시켰다. 그는 언제 변한 모습을 보였냐는 듯 아내 소연정의 위패를 안고 이 밤을 지새우길 자처했다. 마치 무당산에서의 일이 흡사 지나가는 꿈이기라도 했던 것처럼 말이다.

'……날이 밝으면 나도 연정을 찾아가 봐야겠구나!'

내심 황조경이 중얼거릴 때였다.

그녀의 시시각각 변하는 안색을 묘한 표정으로 살피고 있던 구손이 갑자기 고개를 저어 보였다.

"황 도우, 본래 변화는 어느 날 느닷없이 오는 법입니다."

"예?"

"그리고 한 번 변화를 겪은 자는 다시 예전으로 돌아갈 수 없지요."

"……."

"황 도우께서 이 도리를 아신다면 후일 반드시 원하시는 바를 이룰 수 있을 것입니다."

"정말인가요?"

"설마요?"

"예!"

황조경이 갑자기 변한 구손의 말에 입술을 가볍게 내밀어 보였다. 그가 자신을 놀렸다고 생각한 것이다.

구손은 태연했다.

"빈도는 노군(太上老君 : 도가(道家)의 개조(開祖)이며, 본명은 이이(李耳)로 전국시대 초기에 실재했던 인물. 일반적으로 노자라는 이름으로 널리 알려져 있다.) 같은 성인이 아닙니다. 그냥 평범한 한 명의 도사에 불과하니 제 말을 크게 신경 쓰실 필요는 없습니다."

"그럼 여태까지 제게 헛소리를 했다는 건가요?"

"그렇지는 않습니다."

"……."

"적어도 빈도의 생각에는 그렇습니다. 다만……."

잠시 말끝을 흐린 구손이 화제를 바꿨다.

"……황 도우님, 그래서 이제 어찌하실 작정이십니까?"

"예?"

"가셨던 일이 잘못되었으니 다른 방도를 강구하셨을 거 아닙니까?"

'이 도사가 진짜!'

내심 구손이 하는 말에 잔뜩 귀 기울이고 있던 황조경의 눈초리가 살짝 치켜 올라갔다.

학도 구손!

정말 보면 볼수록 알 수 없는 사람이다. 그리고 꽤나 얄밉다. 꽤나 능숙하게 사람의 마음을 들었다 놨다 하기 때문이다.

지금 역시 그렇다.

황조경이 생각하기에 구손은 어느 정도 자신이 곤란한 이유를 짐작하고 있었다. 눈치가 그랬다. 그런데 장광설(長廣舌)을 늘어놓다가 갑자기 시치미를 뗀다. 아무것도 몰랐다는 듯 뻔뻔스럽게 자신의 밑천을 털어놓으라 하는 것이다.

하지만 도리가 없달까?

황조경은 여전히 태도의 변화를 보일 생각이 없어 보이는 구손을 노려보다 입가에 한숨을 매달았다.

"하아! 방도를 강구하긴 했어요. 하지만 그게 옳은 것인지 확신이 들지 않네요."

"이미 황 도우께서는 마음의 결정을 내린 것 같습니다만?"

"뭐, 그렇죠."

"그렇군요."

구손이 미미하게 고개를 끄덕여 보이고 시선을 다시 야천으로 옮겼다.

"달무리가 지기 시작하는군요. 조금 있으면 새벽 비가 내릴 수도 있을 것 같습니다."

"새벽 비요?"

"예, 특히 산에는 더 많은 비가 내릴 수도 있을 것 같습니다."

"……."

황조경의 눈에 이채가 어렸다.

적천경!

자신의 아내와 함께 밤을 지새우기 위해 묘소로 떠난 그에게 생각이 미쳤다. 산중에서 갑작스러운 비를 만나서 고생할 그의 모습이 눈에 선했다.

슥!

황조경이 신형을 돌려세웠다.

구손이 그런 그녀를 묘한 표정으로 배웅하고 있었다.

*　　*　　*

어둠이 깃든 산중.

소담하게 조성된 작은 묘소 앞에 석상처럼 서서 시간을 보내고 있던 적천경의 눈살이 가볍게 찌푸려졌다.

적막을 깨뜨리는 야조의 날갯소리!

아니다.

그런 것 따위가 아니었다.

그보다 훨씬 은밀한 움직임이 감지되었다. 산짐승의 오고 감이 아니라 조직적인 의도가 담긴 움직임들이 점차 또렷하게 느껴져 왔다.

'정말 신기묘산이란 말은 구손 형님을 위해 만들어진 말이로구나!'

오늘밤 적천경의 산중행(山中行)!

바로 구손의 의견을 따른 것이었다. 자신이 진혼제를 치르는 동안 아내 소연정의 위패를 묘소에 가져다두고 오는 게 어떻겠냐고 그는 조심스레 말했다.

이유는 따로 일러 주지 않았다.

특유의 묘한 미소와 함께 그러다보면 혹시 손님이 찾아올지 누가 아냐고 지나가듯 말했을 뿐이다.

그리고 지금 이 순간!

적천경은 아내의 묘소를 지키고 있는 자신을 향해 다가오고 있는 야행인들의 움직임을 감지해냈다. 어쩌면 전날 호검관을 기습했던 자들과 동일인들일지도 모르겠다.

'일단 확인해 볼 가치는 충분하다!'

내심 마음을 굳힌 적천경이 평상시처럼 허리춤에 볼품없이 매달려 있는 멸천뇌운검을 손가락으로 쓸었다.

꺼끌거리는 느낌!

당장이라도 녹이 손가락에 묻어나올 것만 같다.

무당산에서 장천사를 만나 본래의 검기를 발한 이후 쭈욱 이랬다. 과거 노상에서 검기를 잃어버렸을 때와 하등의 변화가 느껴지지 않는다.

아니다!

달랐다!

조금, 아니 꽤 많이 바뀌었다!

적어도 지난 칠 년여간을 함께 해 온 적천경은 느낄 수 있었다. 멸천뇌운검이 다시 변화했음을.

물론 말로 설명은 못한다.

어떤 식의 변화인지 적천경 자신도 이해할 수 없었기 때문이다.

그래서 적천경은 멸천뇌운검을 따뜻하게 바라보기로 했다.

기다리려 했다.

자신과 마찬가지로 멸천뇌운검 역시 바뀌기를.

'하지만 최소한 지금은 아니라는 것일 테지? 그렇게 너는 말하고 있는 것이지?'

연인인 듯, 친구인 듯 적천경이 멸천뇌운검에게 눈으로 말을 걸었다. 충분한 존중을 담아서 오랜 친구에게 자신의 의중을 전달했다.

그리고 그것으로 그의 다음 행동은 결정되었다.

슥!

허리를 숙여 품에 안고 있던 아내 소연정의 위패를 묘소 앞에 내려놓은 적천경이 신형을 돌려세웠다.

어느새 야행인들이 꽤 가까워졌다.

백 장 밖?

적어도 이백 장 안쪽까지 좁혀 들어왔다. 아직 포진을 완벽하게 펼치지 못한 걸로 볼 때 병법을 아는 자들로는 보이지 않았다. 적어도 무당산에서 나현이 이끌고 왔던 창위의 황천지멸대는 이렇지 않았다.

"연정의 묘소를 더럽힐 순 없으니까……."

나직한 중얼거림과 함께 적천경이 신형을 공중으로 띄워 올렸다.

— **일보축지!**

그는 먼저 움직이기를 선택했다.

*　　　*　　　*

움찔!

바삐 신형을 움직이고 있던 현의 무복의 무사가 갑자기 신형을 가볍게 떨어 보였다.

왜?

의혹은 그리 오래가지 않았다.

퍽!

뒤늦게 그의 옆구리가 뭔가 박살나는 듯한 소리와 함께 움푹 들어갔다.

"크악!"

현의 무사가 나직한 비명과 함께 바닥에 쓰러졌다. 입을 벌린 채 바닥에 무너진 게 부러진 갈비뼈가 폐를 비롯한 장부를 엉망으로 만든 것 같다.

그러자 그의 주변에서 이동하던 다른 현의 무사들 사이에서 소란이 일어났다. 몇 명이 조를 짜서 한데 움직이던 터라 갑작스럽게 구타를 당한 동료를 대수롭지 않게 넘길 수 없었던 것이리라.

스슥! 스스슥!

몇 명의 현의 무사들이 기민한 움직임을 보였다.

그들의 목표는 분명하다.

바로 바닥에 쓰러진 동료 앞에 우두커니 서 있는 적천경!

갑작스러운 등장인물에 대한 합공이었다. 한데 힘을 합쳐서 동료의 복수를 감행하려 했다.

그러나 그 순간 적천경이 움직임을 보였다.

반보가량의 이동!

그 후 장권을 뻗고, 슬각을 회전시키자 현의 무사 두 명의 턱이 날아가고, 복부가 격한 자세로 꺾였다.

퍽! 빠각!

역시 타격음은 뒤늦게 터져 나왔다.

소리를 뛰어넘는 속도!

무시무시한 빠르기로 적천경은 자신에게 다가들던 현의 무사 두 명을 쓰러뜨린 것이다.

"헉!"

동료들보다 조금 늦게 적천경에게 파고들던 현의 무사가 당혹성을 토해냈다.

환상?

그보다는 흡사 밤도깨비를 만난 것만 같다.

그의 눈에는 동료들이 적천경과는 아무런 상관도 없이 제풀에 고꾸라진 것으로밖엔 보이지 않았다. 그만큼 상상을 불허할 만한 속도로 적천경의 권각은 이뤄졌다고 할 수 있겠다.

주춤! 주춤!

현의 무사가 자신도 모르게 뒤로 물러났다.

의식적인 행동이 아니다.

무의식적으로 그는 적천경으로부터 멀어지는 걸 선택했다. 생물이라면 누구에게나 있는 생존 본능의 발로였다.

그러나 적천경이 그냥 두고 볼 리 없다.

슥!

순간 일보축지로 현의 무사 앞에 도달한 적천경이 그의 목을 손으로 감싸 쥐었다.

뚜둑!

"컥! 크커컥!"

적천경의 눈빛은 차갑게 가라앉아 있었다. 일말의 자비심이나 동정도 보이지 않는다.

"나는 적천경! 호검관주다!"

"……."

"눈빛을 보니 역시 나를 알고 있었군. 그럼 단도직입적으로 묻겠다. 너희들의 소속을 밝혀라!"

"……."

현의 무사의 눈빛이 흔들렸다.

갈등?

그런 것이 아니었다.

"푸학!"

현의 무사의 입에서 피 화살이 터져 나왔다. 어슴푸레한 달빛으로도 정상적인 피가 아니란 건 알겠다. 그리고 시작된 육체의 미세한 경련!

툭!

한차례 몸을 크게 요동친 현의 무사의 고개가 힘없이 밑으로 떨어졌다.

"……독약을 깨물었군."

적천경이 나직한 중얼거림과 함께 눈살을 찌푸려 보였다. 현의 무사의 입에서 물씬 풍겨 나오는 독향(毒香)에 속이 울렁거려왔다.

푸시식!

그리고 순식간에 부식하기 시작한 시신!

자신이 보는 앞에서 점차 형태를 잃어가는 시신을 바라보는 적천경의 표정은 어느새 딱딱하게 굳어 있었다.

이런 종류의 독약!

익숙했다.

칠 년여 전 꽤나 많이 맞닥뜨린 적이 있었다.

“과거의 화살이 칠 년의 세월을 뛰어넘어 내게 날아왔다는 건가?”

과거의 화살!

칠 년의 세월!

적천경만이 이해할 수 있는 말들이다. 하지만 동시에 이해가 가지 않기도 한다. 어째서 칠 년이나 지난 이때에 과거의 부채가 화살이 되어 돌아왔는지 납득이 가지 않았다.

그래서 확인해 보고자 한다. 지금 바로 말이다.

콰득!

적천경의 주먹이 현의 무사의 입에 틀어박혔다. 치아 안쪽에 숨겨 놓은 즉사의 독약을 아예 깨물지 못하게 만든 것이다.

물론 그건 시작에 불과했다.

퍽!

다른 식으로 자살을 시도할 수 없게 적천경은 아예 현의 무사를 기절시켰다.

털썩!

현의 무사가 바닥에 쓰러졌다. 주변에 십여 명이 넘게 같은 꼴이 되어 있는 동료처럼 말이다.

"이만하면 충분하려나?"

적천경이 한바탕 폭풍이 스치고 지나간 것 같은 주변을 둘러보며 어깨를 한차례 추어보였다.

지난 한 식경 사이.

그가 한 일은 단순했다.

몰아가기!

그리고 소탕전!

호검관주가 되기 전, 칠 년여 전 꽤나 많이 해본 짓이다. 군대를 전전하며 얻은 병법의 지식과 기감의 확장으로 상대방의 움직임을 파악하는 능력의 결합 같은 것이었다. 과거 신마혈맹을 칠 때 아주 큰 효과를 본 것이기도 했다.

그렇다.

— **신마혈맹!**

적천경이 칠 년여 전 없애버린 대마세! 현재 강호무림을 지배하고 있는 정천맹의 탄생 이유!

그것이 바로 과거로부터 날아온 화살의 정체였다.

치아 안쪽에 숨겨 놓은 독약!

포로가 되는 걸 용납하지 않는 즉각적인 죽음의 선택!

그 모든 것이 신마혈맹과 연관되어져 있었다. 그들의 하부 조직을 상대할 때 몇 번이나 적천경을 화나게 했던 끔찍한 짓거리였다.

삶!

어떤 것보다 숭고하다. 결코 함부로 다뤄선 안 되는 것이었다. 하물며 그것이 자기 자신이라면 더욱 그러했다.

그런 점에서 신마혈맹은 최악이었다.

그들에게 있어 하부 조직원들은 그야말로 불쏘시개, 쓰다 버리는 장기판의 말에 불과했다. 어떤 식으로든 패배의 빌미가 되거나 문제의 소지가 발생하면 가차 없이 제거하고, 폐기되었다. 그리고 그렇게 되지 않기 위해 스스로 삶을 버리곤 했다. 어떤 식으로 압박을 가했는지는 모르겠지만 말이다.

그래서 적천경은 결심했다.

이 비인간적인 조직을 세상에서 없애버리기로.

그건 친구 폭호검 곽채산의 복수 이전의 문제였다. 생리적인 혐오감이 그 같은 결심의 진정한 배경이었다.

당연히 다시 날아온 화살!

바로 신마혈맹의 흔적을 파악한 이상 그냥 끝낼 생각은 없었다. 그게 평화로웠던 호검관과 처제 소하연, 대제자 진호군을 비롯한 제자들을 노린 이상 더욱 그러했다.

걸어온 싸움!

피할 생각은 없었다.

다시는 그런 생각 따윈 하지 못하게 되갚아 줄 작정이었다. 그게 그가 아는 싸움이었다.

그때 잠시 상념에 잠겨 있던 적천경이 나직이 중얼거렸다.

"생각보다 늦었군……."

그런 그의 곁으로 세 명의 사나이가 모습을 드러냈다.

— 적황색 장포를 걸친 사십 대 초반의 도객!

— 흑의 무복, 한 쌍의 핏빛 낫을 든 초로의 노인!

— 쥘부채를 펼쳐 얼굴을 가리고 있는 백의 문사!

각기 다른 연배, 복장, 병기를 든 자들에게는 한 가지 공통점이 있다.

마인(魔人)!

과거 전 무림을 피로 혈세했던 신마혈맹과 연을 맺었던

절정의 마인이 그들의 정체였다. 기련산의 혈천등선로를 오르며 일도양단(一刀兩斷)했던 자들과 동류이기도 하다.

'……피 냄새가 나는군.'

진짜다.

삼인의 마인이 모습을 드러낸 순간, 주변에 자욱한 피 냄새가 감돌았다.

근래의 것이 아니다.

오랜 세월…….

수없이 많은 살육의 나날로 몸에 자연스럽게 배인 냄새, 살인귀(殺人鬼)의 증표였다.

하지만 과연 그들만 그러할까?

'나 역시 못지않지.'

적천경이 멸천뇌운검에 손을 가져가며 내심 쓰게 뇌까렸다. 문득 신마혈맹을 멸망시키던 나날, 그 이전, 사부에 의해 시체더미에서 끄집어내졌던 때가 떠올랐기 때문이다.

툭!

투두두두둑!

그 순간 달무리졌던 하늘에서 빗물이 떨어져 내리기 시작했다. 마치 갑자기 나타난 삼인의 마인과 적천경을 뒤덮은 혈향(血香)을 지워 버리고 싶은 것처럼 말이다.

8장

그래, 난 강하다!

진혼제를 끝낸 구손과 헤어져 호검관의 뒷산으로 신형을 날리는 내내 황조경은 깊은 생각에 잠겨 있었다.

구손과 나눈 이상한 대화!

두 사람 모두 핵심을 교묘하게 벗어난 채 말을 나눴다. 그래도 괜찮을 만큼 서로의 마음을 읽을 수 있었기 때문이다.

그래서 찜찜했다.

구손에게 자신을 괴롭히는 의혹을 털어놓지 못한 것이.

'어쩌면 나는 지금 스스로를 속이고 있는 걸지도 몰라. 하오문에 가기 전에 이미 이번 호검관 기습 사건에 대해 의

구심을 품고 있었으니까 말야. 하지만 아버님은 어디서부터 관여하신 것일까?'

그녀의 부친.

황금귀상련주 황금왕 황대구!

당금 중원 상계의 거물 중 한 명이자 굉장한 야심의 소유자인 그는 꽤나 오래전부터 적천경을 주시해 왔다. 자신의 하나밖에 없는 딸이자 후계자인 황조경에게 서슴없이 미인계를 권했을 정도로 말이다.

물론 거기에는 몇 가지 전제 조건이 있었다.

— 꼬시되, 마음을 주진 말라!

상인답게 손해 보는 장사는 하지 말라고 부친은 말했다. 즉, 유부남한테 순정 같은 건 바치지 말라는 뜻이었다.

하지만 적천경을 만난 후 황조경은 금세 그에게 마음을 허락했다. 특별히 꼬실 생각조차 하지 않았는데, 어쩌다 보니 그리 되었다.

하긴 그런 게 인연이리라!

사람의 마음은 뜻대로 되지 않는 것이 정상일 터였다!

그래서 황조경은 언젠가부터 부친 황대구의 적천경에 대한 진짜 속내를 두려워했다.

푸짐한 몸매.

언뜻 보면 후덕해 보이는 인상.

하지만 황조경은 누구보다 부친 황대구의 음흉한 속내를 잘 알고 있었다. 그 큼지막한 뱃속에 구렁이가 적어도 수십 마리는 똬리를 틀고 있음을 말이다.

하나 단지 그뿐이었다.

적천경에 관한 사항은 황대구에게 더 이상 알아낼 수 없었다. 무슨 음흉한 마음을 품고 있는지 전혀 몰랐다.

그러다 벌어진 적천경의 무당행! 엉켜드는 창위와 화산파, 무당파의 관계! 연이어 일어난 호검관 기습 사건까지…….

모든 것이 황조경의 불안을 가중시키는 촉발제가 되었다. 무당산을 떠난 직후부터 황조경에게 철저한 정보통제에 들어간 황금귀상련의 비선 조직과 함께 말이다.

'그리고 이 모든 것에 손을 쓸 수 있는 사람은 아버님밖에 없다. 그분이 어떤 마음으로 이런 일을 벌였는지는 아직 모르겠지만 말야.'

확신이다.

하오문에서 만난 십살귀 염독에게 얻은 약간의 정보로 모호하던 모든 상황이 대충 정리되었다. 부친 황대구와 황금귀상련에 품었던 의혹이 거의 사실로 밝혀진 것이다.

그렇다면 이제부터가 걱정이다.

부친 황대구!

강적 중의 강적이다.

한번 손을 썼다면 결코 중간에 포기할 사람이 아니다. 분명 원하는 것을 얻어내고야 말 터였다. 그게 무엇인지는 아직도 모르겠지만 말이다.

그때 복잡한 상념에 빠져서 신형을 날리던 황조경의 눈에 이채가 어렸다.

'응?'

발 역시 멈춘다.

빠르게 움직이고 있던 신형이 갑자기 고정되었다.

파팍!

그리고 한 발로 지축을 박차고 뛰어오른다.

늘씬한 다리가 회전한다.

둔부가 뒤틀리며 미묘한 출렁거림을 보인다. 순간, 그 같은 움직임이 거의 동시에 이뤄졌다.

콰득!

결과는 자명하다.

바닥을 기듯이 그녀를 향해 파고들던 현의 무사의 머리통이 수박 깨지듯 쪼개졌다.

일격필살(一擊必殺)!

그러나 황조경의 얼굴은 딱딱하게 굳어 있었다.

패앵! 패앵!

회전 차기 이후, 신형을 추슬러 바닥에 내려서던 그녀의 양 다리를 노리며 사슬낫이 날아들었다.

하나는 허벅지 안쪽!

다른 하나는 발뒤축 부근!

"이것들이!"

황조경이 이를 악문 채 신형을 무너뜨렸다. 갑자기 바닥으로 잔뜩 몸을 웅크러뜨린 것이다.

캉! 카캉!

그 후엔 주먹질이다.

바짝 몸을 바닥에 묻은 채 정자세로 정권을 내질렀다. 그렇게 사슬낫의 공격을 막아 냈다.

차라랑!

그러자 이번엔 머리 위다.

마치 이런 상황을 예견이라도 한 것처럼 황조경의 머리 위에서 그물이 떨어져 내렸다.

'처음부터 이럴 작정이었구나!'

황조경이 내심 치를 떨면서 바닥을 빠르게 뒹굴었다. 그 외엔 그물로부터 벗어날 방도가 없었기 때문이다.

그러나 이 역시 예측 범위에 포함되었던 것이리라!

패앵! 패앵!

다시 사슬낫이 날아들었다.

이번에는 황조경의 몸 전체를 노린다. 바닥을 뒹구는 그녀의 몸을 순식간에 옭아매어 버렸다.

"악!"

황조경이 비명을 터뜨렸다.

다리 하나와 어깻죽지가 동시에 사슬낫에 휘어 감겼다. 언뜻 핏물이 보이는 게 부상이 상당히 위중해 보인다.

그래서였을 것이다.

슥! 스스슥!

비명과 함께 몸을 축 늘어뜨린 황조경의 곁으로 십여 명의 현의 무사들이 몰려들었다. 어디서 튀어나왔는지 숫자가 꽤나 많다.

아니다.

그들만이 전부가 아니었다.

"비켜라!"

"모두 비켜라!"

앞서 튀어나온 현의 무사들에게 음침한 목소리로 소리를 지르며 두 명의 괴인이 모습을 드러냈다.

— **키다리와 난쟁이!**

키가 보통 사람보다 머리 하나는 큰 자와 오척단구의 괴인들은 등장과 함께 황조경에게서 사슬낫을 거둬들였다. 연달아 사슬낫을 던져서 그녀를 부상시킨 게 바로 그들이었던 것이다.

한데 바로 그때다.

휘릭!

갑자기 땅바닥에 죽은 듯 널브러져 있던 황조경이 가느다란 허리를 둥그렇게 만들며 위로 뛰어올랐다.

퍽!

긴 다리가 뻗어나가 키다리의 머리를 때린다.

쾅!

주먹 역시 쉬지 않는다. 곧바로 맹렬한 회전을 일으키며 난쟁이의 어깨뼈를 부숴놓는다.

……아니, 그러려고 했다.

차앙!

서걱!

키다리가 사슬낫을 들어 황조경의 벼락같은 원앙퇴를 막아냈다.

난쟁이는 오히려 공격한다.

황조경의 일권을 교묘한 보법으로 피하며 그녀의 품속으

로 솜씨 좋게 파고들었다.

그리고 사슬낫의 일격!

순간적으로 황조경이 신형을 휘청거렸다. 날카로운 사슬낫에 어느새 소맷자락이 걸레처럼 변해 버렸다. 재빨리 팔꿈치로 막긴 했는데, 낫에 담긴 예기까지 모조리 피해내는 데는 실패했다.

'역시!'

그러나 황조경은 내심 미소 지었다.

방금 전의 공격은 일종의 허초(虛招)였다. 별다른 기력을 담지 않고서 괴인들을 시험해 본 것이다. 자신을 진심으로 공격해서 죽일 의사가 있는지를 말이다.

결과는 예상대로였다.

키다리와 난쟁이!

비슷한 무공을 사용하는 걸로 보아 동문의 사형제가 분명해 보이는 그들은 황조경에게 전력을 기울이지 않았다. 죽이긴 고사하고 부상이라도 입힐까 봐 꽤나 걱정하고 있었다.

'그리고 그건 그들을 사주한 사람 때문일 테지?'

내심 불유쾌한 예상을 덧붙인 황조경이 은밀히 끌어모은 내력을 순간적으로 방출해냈다.

— **만섬화(萬閃花)!**

황조경이 무림을 돌아다니며 몇 차례인가 목숨을 구해 준 적이 있던 구명절초다.

그리고 또 하나! 부친 황대구가 구해다 준 무공비급이나 무림고수로부터 전수받지 않은 무공이기도 했다.

"크억!"

키다리의 입에서 대뜸 피가 터져 나왔다.

만섬화!

혹은 만섬무극장(萬閃無極掌)이라 불리는 이 절초의 특징은 순간적인 변화가 극심할뿐더러, 굉장히 빠르다는 점이다. 장심(掌心)으로부터 발출된 격공장력이 단숨에 공간을 격해 목표물을 타격하는 것이다.

당연히 그건 시작에 불과했다.

팟!

한 손으로 바닥을 때린 황조경의 신형이 급격하게 옆으로 꺾였다. 어느새 자신을 노리며 날아든 난쟁이의 사슬낫을 피하기 위함이었다.

차르륵!

아슬아슬하게 황조경의 머리 위를 스치고 간 사슬낫에 매달린 쇠사슬이 쇠를 긁는 듯한 소리를 낸다. 방향을 전환

하느라 어쩔 수 없이 그리 되었다.

이 역시 황조경이 이미 예측한 터!

뒹굴!

바닥을 훑듯이 구른 황조경이 난쟁이의 아랫배를 냅다 걷어찼다.

퍽!

난쟁이가 팔꿈치로 이를 받아냈다.

"죽일 년! 사형한테 간악한 독수를 펼치다니!"

입에서 거친 욕설이 터져 나온다.

"거, 미안하네!"

황조경은 시원스럽게 자신의 잘못을 인정했다. 물론 그렇다고 해서 손속을 봐줄 생각 따윈 없다.

휘릭!

그녀의 신형이 다시 변화를 보였다.

이번에는 십자파수(十字破手)!

역시 그녀가 강호를 돌아다니는 동안 얻은 수공(手功) 중 절초다.

파팍!

이번에는 통했다.

난쟁이가 십자파수에 태양혈을 얻어맞고 상반신을 휘청거렸다.

즉사는 간신히 면했다.

하지만 뇌가 온통 진탕되어 정신이 하나도 없을 것이다.

팍!

황조경의 슬격이 그 틈을 놓치지 않았다.

기묘한 각도로 변화하며 난쟁이의 턱을 찍어버렸다.

"크악!"

난쟁이가 외마디 비명과 함께 바닥에 대자로 누웠다. 순식간에 벌어진 악전고투(惡戰苦鬪)의 끝을 알리는 신호였다.

아니다.

이제 시작이었다.

슥! 스스스슥!

난쟁이를 쓰러뜨린 후에야 신형을 바로 한 황조경을 향해 현의 무사들이 우르르 몰려들었다. 그 사이 그녀 주변을 철통같이 에워싼 것이 탈출은 꿈도 못 꾸겠다.

"이놈들이 우두머리가 아니란 건가?"

황조경이 이마에 손등을 가져다 댔다.

사슬낫 사형제를 급하게 처리하느라 상당히 무리했다. 호흡이 거칠어졌고, 내력 역시 달렸다. 체력 자체가 크게 저하된 상태라 할 수 있었다.

게다가 문제는 다수에게 포위된 현 상황이다!

적봉황이라 불리는 그녀지만 항상 방수(防守)의 도움을 받아 왔다. 이렇게 혼자 몸으로 다수를 상대해 본 경험은 거의 없었다.

'이거…… 조금 심각해진 상황인 건가?'

내심 황조경이 고민할 때였다.

퍽!

그녀에게 다가들던 현의 무사 중 가장 뒤에 서 있던 자가 기묘한 소음과 함께 바닥에 쓰러져 내렸다.

퍽! 퍽! 퍽!

그 뒤 다른 자들이 반응을 보이기도 전에 연달아 비슷한 꼴이 되어 쓰러졌다. 흡사 보이지 않는 투명한 병기에 몸이 꿰뚫려버린 것 같이 그리 되었다.

비슷했다.

어둠 속에 물든 산중.

그 사이를 종횡하는 한 사내가 있었다. 그것도 서유기(西遊記)에 나오는 여의봉(如意棒)처럼 자유자재로 길이가 조절되는 창을 휘두르면서 말이다.

"나 대협!"

황조경이 반가움에 소리 질렀다.

"오!"

나현이 기룡신창으로 남은 현의 무사들을 양떼 몰듯 밀

어붙이며 손을 들어 보였다.

'이럴 땐 또 제법이네?'

황조경이 내심 피식 웃어 보이고 역시 현의 무사들에게 달려들었다. 그들을 빨리 처리하고 다시 적천경을 찾으러 떠날 작정을 한 것이다.

그렇게 두 사람에게 현의 무사들 대부분이 처리되었을 때였다.

툭!

투두두두둑!

하늘에서 빗물이 떨어져 내리기 시작했다. 산중을 삽시간에 뿌연 습막으로 뒤덮어 버리면서 말이다.

'이런!'

황조경이 눈살을 찌푸려 보였다.

비는 흔적을 지운다.

적천경의 흔적을 따라 산을 오르고 있던 터에 마음이 급해지는 건 어쩔 수 없는 일이었다.

팟!

그때 마지막 현의 무사를 쓰러뜨린 후 기룡신창에 묻은 핏물을 바닥에 뿌린 나현이 이를 드러내 보였다.

"곧 엄청나게 쏟아 붓겠군. 빨리 움직여야겠어."

"추종술, 사용할 수 있나요?"

"창위의 하위 무사도 기본적으로 할 수 있는 게 추종술이오. 나는 그런 녀석들의 교관이었고."

"잘 됐네요! 그럼 지금부터 나 대협께서 앞장서 주세요!"

"알겠소. 근데 누굴 추격하려는 것이오?"

"당연히……."

황조경이 목청을 높였다가 자신도 모르게 말끝을 흐렸다. 갑자기 뇌리를 스치는 생각이 있었기 때문이다.

'……내 예상이 거의 맞아들어 가는 상태에서 적 관주를 만나러 가는 건 좋지 않다. 차라리 그럴 바에는 이자들의 배후를 캐내는 편이 옳은 선택일 거야.'

적천경에 대한 걱정?

현의 무사들을 상대해 본 후 싹 사라졌다. 이만한 자들에게 당할 만큼 약한 적천경이 아니었으니까.

하물며 이곳은 적천경의 안방과 같았다.

세세한 지형지물의 이점을 그는 빠짐없이 취할 수 있었다. 어떤 식의 싸움이든 그에게는 큰 문제가 안 될 터였다. 적어도 잠시 동안은 그러할 터였다.

그렇게 생각을 정리한 황조경이 나현에게 말했다.

"지금부터 나 대협과 저는 여기 모여 있는 자들의 배후를 추격해야만 해요. 그러실 수 있겠어요?"

"어려울 것 없소!"

"근데 여긴 어떻게 찾아오신 거예요?"

"구손 동생이 보내서 왔소."

'역시!'

어쩐지 그럴 것 같았다.

사실 그녀 역시 그에게 이상한 얘기를 듣고 적천경을 찾아 나섰으니까 말이다.

그렇다면 황조경이 내린 현재의 판단 역시 구손은 예측한 것일까?

알 수 없다.

항상 구손을 떠올리면 그러하듯이.

'어쩔 수 없지…….'

내심 구손에 대해서 생각하는 걸 포기한 황조경이 산기슭을 한차례 올려다본 후 나현에게 말했다.

"나 대협, 부탁드리겠어요!"

"얼마든지!"

호기롭게 황조경에게 소리친 나현이 갑자기 바닥에 쓰러져 있는 현의 무사에게 다가가 옷을 벗겼다.

'또! 성고문을 하려고 그러는 건가!'

황조경이 당황해 고개를 옆으로 돌리자 그녀에게 현의 무복 한 벌이 날아들었다.

"이건?"

다른 현의 무사의 옷을 막 벗긴 나현이 그걸 입으며 말했다.

"걸치쇼! 얼굴에 흙도 좀 퍼 바르고!"

"명령에 따르죠."

나현의 의도를 뒤늦게 눈치챈 황조경이 생긋 웃어 보였다. 그가 생각보다 믿음직스러운 사람이라 판단한 것이다.

*　　*　　*

뿌우연 습막!

삽시간에 눈앞을 가려버릴 정도로 강해진 빗줄기를 피해 폐허가 된 호검관의 한편에 뛰어든 구손이 불진을 꺼내 들었다.

툭! 투툭!

불진을 가볍게 흔들자 도복에 묻은 물방울이 이리저리 튕겨 날아간다. 무공의 묘리가 담긴 것은 아니나 꽤나 능숙하다. 이런 경험이 매우 풍부함을 알 수 있겠다.

"무량수불! 위령제가 아니라 진혼제를 한 이 죄 많은 도사한테 노여워들 하시는 것입니까? 그렇다면 진심으로 빈도 구손, 머리 숙여 용서를 구하겠습니다! 부디 구천을 떠도는 원귀가 되지 마시고, 귀천하셔서 다른 생(生)을 살아가십시오! 관세음보살 본심미묘 육자대명왕진언, 육자대명왕다라니, 옴 마니 반메 훔! 옴 마니 반메 흠!"

연달아 천수경의 진언을 외우며 허리를 숙여 보인 구손이 불진을 품에 집어넣고 바닥에 가부좌를 틀고 앉았다. 극도로 엄숙한 얼굴, 정갈한 태도…….

부르르!

갑자기 양손으로 앙상한 몸을 감싼 채 떨어 보인 구손이 부싯돌을 꺼내 불을 붙였다.

춥다!

아주 많이 춥다!

그래서 불을 붙여야만 했다. 일단 산 사람은 살아야 하니까 말이다.

"오늘밤이 지난 후 또다시 진혼제를 하는 일이 없었으면 좋겠지만……."

스스로만 알 수 있는 뇌까림이다.

질문해 줄 사람이 없기에 더 이상의 답 역시 없었다. 그냥 서투른 부싯돌질로 불을 붙이려 안간힘을 쓰고 있는 한 사람의 처량한 도사가 있을 뿐.

*　　*　　*

언제 봐도 투박한 멸천뇌운검의 검신!

낡은 검갑을 벗어나자 하늘에서 떨어져 내리고 있는 빗방울을 이리저리 퉁겨낸다.

맑은 소리 따위가 아니다.

그냥 귀를 아프게 하는 소음이다.

그러거나 말거나 멸천뇌운검을 뽑아든 채 바닥에 내려뜨린 자세를 취한 적천경이 입을 열었다.

"신마혈맹에서 온 건가?"

"신마혈맹이라……."

적천경의 말을 받은 사람은 그를 품자로 에워싸고 있는 삼인의 마인 중 적황색 장포를 걸친 도객이다.

어둠 속에서도 느껴지는 서늘한 기운!

필시 사람을 아주 많이 죽여본 적이 있는 자다. 그렇지 않고선 이런 음산한 기운을 몸 전체에 갑옷처럼 두를 수 없을 테니까.

"……참 그리운 명칭이로군. 그러는 당신은 신마혈맹을 어찌 아는 거지?"

'내 정체를 알고 찾아온 게 아니다?'

내심 도객의 기량을 가늠하고 있던 적천경의 눈에 이채가 어렸다. 예상을 벗어난 그의 대답 때문이다.

그때 한 쌍의 낫을 든 노인이 으르렁거리듯 말했다.

"혈도(血刀), 애송이를 앞에 두고 무슨 객쩍은 소리를 하는 것이냐?"

"혈노(血老)은 이 애송이가 갑자기 신마혈맹을 언급한 게 이상하지 않느냐? 지난 칠 년간 우리 앞에서 신마혈맹을 입에 담은 자는 이 애송이가 처음이니 말야!"

"그건……."

혈노라 불린 노인이 뭐라 말하려다 입을 다물었다. 그러자 삼인의 마인 중 마지막인 백의 문사가 비웃듯 말했다.

"혈도, 그건 어쩔 수 없는 일이었네. 신마혈맹이 망한 후 그 이름을 언급한 자들을 우리가 모조리 죽여 버렸으니까."

"혈유(血儒)의 말도 일리가 있다. 하지만 그건 어디까지나 처음에만 그랬을 뿐이니……."

"……그만! 그만!"

연달아 소리를 질러 혈도와 혈유의 입을 다물게 한 혈노가 눈에 무시무시한 혈광을 담았다.

"우리 혈사삼혼(血死三魂)이 함께한 지 이십 년이 지났다! 그동안 무수히 많은 애송이들을 죽였지만, 이렇게 많은 대화를 나눈 적은 없었다!"

"그건 그렇지."

"동의하는 바이올시다."

혈노가 두 마인의 동의에 기세가 더욱 등등해졌다.

"그러니 이 애송이 녀석아! 네놈이 어떻게 신마혈맹에 대해 주둥이를 놀리게 되었는지는 모르겠으나 이만 목을 씻고 죽을 준비를 하거라!"

"혈노, 죽여선 안 된다고 했던 걸로 아는데?"

"망할! 그딴 말은 좀!"

혈노가 자신에게 딴지를 건 혈도를 향해 다시 으르렁거렸다. 생긴 모습은 가장 연장자인데, 성격이 불같다. 어찌 됐든 혈사삼혼 중 가장 주도적인 인물인 것만큼 분명해 보인다.

물론 겉보기로만 그랬다.

혈노를 제외한 나머지 두 사람, 혈도와 혈유에게서는 그를 수뇌로 인정하는 어떠한 존경심도 보이지 않았다. 그냥 귀찮아서 말을 받지 않을 뿐이었다.

그럴 수밖에 없다.

— 혈사삼혼!

달리 피에 굶주린 세 미친개라 불리는 마인들의 정체는

신마혈맹의 십대 세력 중 잔혈마방(殘血魔幇)의 삼대 봉공이었다. 정도 문파로 치면 일종의 태상호법이나 장로 같은 위치라 하나같이 절정급의 고수라 할 수 있었다.

물론 신마혈맹의 총단이 갑자기 적천경에게 멸망하면서 잔혈마방을 비롯한 십대 세력은 자중지란에 빠졌다. 중앙의 강력한 통제가 없어진 상태에서 각기 세력 다툼을 벌이다 정천맹에 모조리 각개격파를 당하고 말았다.

그때 잔혈마방 역시 심각한 타격을 당한 채 문도들이 뿔뿔이 흩어졌다. 고수급들은 대부분 정천맹의 추격대에 추살을 당했고, 하부 무사들은 과거와 신분을 숨긴 채 산이나 강으로 숨어들어갔다. 그러지 않고서는 강호 무림 중 어떤 곳에서도 생존할 수 없었기 때문이다.

당연히 적천경은 혈사삼혼을 알았다.

신마혈맹의 총단으로 쳐들어가는 도중에 잔혈마방 역시 꽤 심하게 턴 기억이 있었다.

그래서 신마혈맹의 십대 세력이 서로 각축을 벌이기 전에 이미 잔혈마방은 세가 완전히 기울었다. 그 뒤에 벌어진 정천맹의 대대적인 공세 역시 그리 오래 버티지 못했다. 중간에 방 자체가 해체되어 방도들이 흩어져 버릴 수밖에 없었던 것이다.

'그런데 오늘 잔혈마방의 수뇌부 격인 혈사삼혼을 보게

되다니! 이걸 우연이라고 할 수는 없겠지?'

합리적인 의심이다.

그리고 이런 종류의 의심은 반드시 확인해 봐야 한다. 적어도 신마혈맹을 붕괴시키던 시절의 적천경은 그랬다. 그리고 그로 인해 아직까지 생존할 수 있었기도 하다.

토통!

마음에 깃든 사념 때문이리라!

바닥을 향하고 있는 멸천뇌운검의 검신이 처음으로 맑은 소리를 내며 핏방울을 튕겨냈다.

소음이 아니다!

묘할 정도로 귓전을 자극하는 소리다!

움찔!

적천경을 품자로 포위하고 있던 혈사삼혼이 그 소리에 반응을 보였다. 이상하리만치 공격에 나서지 못하고 있던 그들의 포위진에 갑자기 균열이 생겨난 것이다.

"타핫!"

성격 급한 혈노가 일성대갈과 함께 먼저 움직였다.

양손에 나눠 쥐고 있던 한 쌍의 혈겸!

핏빛의 낫이 기묘한 변화로 종횡하며 적천경의 옆구리를 노리며 파고들었다.

— 쌍겸십절(雙鎌十絕)! 일초 혈겸진천하(血鎌振天下)!

이름만큼 위풍당당한 무공이나 초식은 아니다.

오히려 음유하고 독날한 변화를 몇 개나 함유하고 있다. 겉으로는 굉장히 맹렬해 보이나 속에 암수를 숨겨서 상대방의 허점을 헤집어 놓는다.

물론 혈도와 혈유 역시 그냥 보고만 있진 않는다.

— 혈륜도법(血輪刀法)! 삼초 혈파참(血波斬)!

태산압정(太山押定)을 닮은 맹렬한 도초다. 일도양단이란 말에 아주 잘 어울릴 듯하다.

— 파초선법(芭蕉扇法) 일초 일풍신위(一風神威)!

서유기에 나오는 우마왕(牛魔王)의 부인 나찰녀 철선공주의 보패(寶貝)인 파초선과는 별로 연관이 없다. 일단 혈유가 든 부채 자체가 파초선이 아니라 쥘부채니까 말이다.

그러나 일풍신위의 위력은 매서웠다.

쥘부채를 펼쳐서 변화를 일으키지 삽시간에 적천경의 상반신 전체를 부채 그림자로 에워싼다. 편형 전체가 흡사 검기같이 날카롭다. 하나만 제대로 걸려도 치명상을 당하고 말 터였다.

'게다가 숨겨놓은 한 수가 제법 그럴듯하군. 세 명 중 최강은 혈유, 저자다!'

찰라의 순간!

주변으로 크게 확장시켰던 기감을 순간 혈사삼혼이 품자를 이룬 진형까지 축소한 적천경의 시선이 혈유를 향했다. 혈도나 혈노와 달리 뒤에 물러서 있던 그의 파초선법에 담긴 기세가 오히려 가장 위협적이었기 때문이다.

그러니 선택은 자명하다.

핏!

문득 바닥에 늘어뜨리고 있던 멸천뇌운검의 검신을 미세 조정한 적천경이 핏방울 하나를 혈도의 눈에 튕겼다.

찰방!

정면에서 치고 들어오던 혈도의 눈이 순간 감겼다. 핏방울에 직격 당하자 자신도 모르게 눈꺼풀이 반응을 보인 것이다.

파팍!

그다음은 진각이다.

발끝으로 물이 차오른 바닥을 박찬 적천경의 상반신이 미세한 진동을 일으켰다.

회전? 회축?

모두 아니다.

움직인 건 멸천뇌운검이었다.

상반신의 진동을 따라 회전을 일으킨 검끝이 혈노의 미간 사이를 가른다.

순식간에 분리된 세 개의 검영(劍影)!

혈겸진천하의 변화를 단숨에 분쇄해 버린다. 산산조각 낸다. 검에 담긴 기백으로 두 개의 핏빛 낫이 만들어 낸 변화를 박살내버린 것이다.

그리고 마지막!

비로소 적천경이 혈유를 앞에 뒀다.

파팍!

두 번째 진각!

이번에는 조금 더 진동의 크기가 세졌다. 멸천뇌운검의 변화 역시 마찬가지다.

스파앗!

검광이 일어났다.

그냥이 아니다.

순간 검신 자체가 쭈욱 늘어나는 것 같더니, 혈유의 일풍신위를 그대로 쪼개갔다. 분뢰보의 일보만추(一步萬鎚)에 이은 호검팔연식 사일단심을 아낌없이 쏟아 부은 것이다.

"헉!"

혈유의 입에서 신음이 터져 나왔다.

서걱!

그리고 잘려서 바닥에 떨어져 내리는 오른팔!

그가 자랑하던 성명절기 파초선법이 완전히 파훼되어 버리는 순간이었다.

스으!

이어 적천경이 일보둔형을 펼쳐 신형을 귀영처럼 옆으로 빼냈다.

팟! 스팟!

멸천뇌운검 역시 놀고만 있지는 않는다.

앞서 이미 펼친 바 있었던 호검팔연식 연환검영세(連環劍影勢)가 다시 변화를 보였다. 얼핏 세 개로 분영된 검영이 곧 여섯 개, 열두 개, 스물네 개, 마흔여덟 개까지 늘어났다. 그렇게 미세한 차이로 혈유와의 합공에 늦은 혈도와 혈노를 자신에게서 떼어놓았다.

"으윽!"

"크헐!"

혈도와 혈노가 제각기 신음을 흘리며 뒤로 밀려났다. 혈사삼혼이 합공을 펼친 이래 처음 맞이한 낭패였다.

당연히 적천경이 여기서 멈출 이유가 없다.

스스슥!

그의 발끝이 다시 움직였고, 곧 일보축지가 펼쳐졌다. 순식간에 혈노를 노리며 파고든 것이다.

"으헉!"

혈노가 당황해 수중의 쌍겸을 종횡으로 휘둘렀다. 적천경의 일보축지의 빠르기에 거의 정신이 나가 버린 것 같은 모습이다.

스파앗!

그리고 그 사이를 꿰뚫는 사일단심!

멸천뇌운검의 검봉이 혈노의 목을 스쳐 갔다. 경동맥을 끊어 버렸다.

푸화악!

피 화살이 터져 나왔다. 얼른 혈노가 쌍겸 중 하나를 버리고 목 부근을 손으로 눌렀으나 역부족이다. 경동맥이 제대로 끊겨서 터져 나오는 피의 강도가 제방의 둑이 터진 것 같이 거칠기만 하다.

"악마 같은 놈!"

혈도가 분노하며 도를 휘둘렀다. 적천경의 등 뒤를 노리며 자신의 도와 하나가 되어 날아들었다.

— 신도합일(身刀合一)!

신검합일에 비견할 만큼의 위력이다. 아니, 그보다 파괴력 면에서도 더욱 대단할 듯싶다.

그러나 그 순간 적천경이 거짓말처럼 신형을 돌려 세웠다.

아니다.

신형을 돌려세운 게 아니라 멸천뇌운검을 거꾸로 찔러냈다. 몸을 여전히 혈노 쪽에 고정시킨 채 뒤에서 신도합일해 온 혈도에게 반격을 가한 것이다.

— **호검팔연식! 호검무봉!**

멸천뇌운검의 검신이 한차례 부르르 떨림을 보였다.

검기?

그런 것이 아니라 검경(劍勁)의 집중이다. 삽시간에 압도적인 내경이 폭풍처럼 멸천뇌운검으로 몰려들었다. 그렇게 함으로써 평범한 철검을 순간적으로 검강과 같은 강도로 탈바꿈시켰다.

위력 역시 마찬가지다.

쾅!

신도합일을 한 채 적천경을 덮친 혈도가 맹렬한 폭발음

과 함께 하늘로 튕겨져 날아갔다.

이내 산산조각나 버린 그의 장도!

주인의 전신에 빽빽하게 박혀 버렸다. 적천경의 호검무봉의 파괴력에 휘말려 완전히 박살나버리고 만 것이다.

여기까지가 단지 두 번의 호흡 사이!

비틀! 비틀!

최초의 일격에 팔과 애병을 잃은 혈유가 이를 악문 채 몸을 덜덜 떨었다.

"이, 이렇게 강하다니!"

"그래, 난 강하다!"

순간 신형을 되돌려 혈유의 앞에 다가선 적천경이 무심한 한마디와 함께 그를 걷어찼다.

퍽!

"크헉!"

혈유가 비명과 함께 바닥을 나뒹굴었다. 어느새 산 전체를 뒤덮어 버린 폭우로 만들어진 물웅덩이 속에 얼굴을 파묻은 채 의식을 잃어버렸다.

9장

십만금(十萬金)밖엔 안하는 검

"으헉!"

혈유는 비명과 함께 정신을 차렸다.

마인답지 않게 청수하던 그의 얼굴은 어느새 땀투성이였다. 팔이 잘린 후 극심한 내상을 당한 터라 의식을 잃은 동안 흠뻑 땀을 흘리고 말았다.

툭!

기다렸다는 듯 적천경의 발이 혈유의 잘린 어깨를 건드렸다.

"크악!"

혈유가 참지 못하고 다시 비명을 터뜨렸다.

겉으로 보기엔 그냥 평범한 움직임!

그러나 그 속에 담긴 기력은 상상을 불허할 만큼의 고통을 혈유에게 전해 줬다. 칼날에 묻은 피를 핥으며 시체의 산을 걸어온 그로서도 견디기 어려울 만큼 말이다.

부들! 부들!

극심한 고통과 충격으로 인해 연신 몸을 떨어대는 혈유를 향해 적천경이 말했다.

"내력을 운기해 보시오."

"……."

"당장 내력을 운기하지 않으면 후회할 거요."

"……."

적천경의 두 번째 말을 듣고서야 혈유는 몸을 떠는 걸 멈췄다. 왠지 그의 말에 따라야 할 것 같은 생각이 들었다. 그것도 지금 당장 말이다.

그의 선택은 틀리지 않았다.

움찔!

하단전에서 진기를 일으키자마자 혈유의 몸이 가벼운 떨림을 보이더니, 곧 안정을 되찾았다. 신기하게도 방금 전까지 그를 괴롭히던 고통이 현격하게 줄어들기 시작했기 때문이다.

그렇게 얼마나 시간이 지났을까?

"후우!"

긴 호흡과 함께 혈유가 눈을 떴다. 표정이 차분한 게 본래의 청수한 얼굴을 회복했다.

슥!

적천경이 검끝을 그의 잘린 어깨 부근에 가져다 댔다.

"지혈은 제대로 됐으니, 앞으로 별일은 없을 거요."

"어떻게 했는지는 모르나 내상도 고쳐줬더군. 하지만 고맙다는 말은 하지 않겠소."

"동료를 모두 죽인 원수한테 그럴 이유는 없겠지."

"……."

혈유의 안색이 살짝 어두워졌다. 분하다거나 원통하다는 마음보다는 사기(邪氣)에 가깝다.

그러거나 말거나 적천경은 검을 거두고 말했다.

"내가 원하는 바를 알 것이오."

"우리의 배후를 알고 싶은 걸 테지?"

"그리고 또 한 가지!"

목소리를 살짝 높인 적천경이 처음으로 감정을 드러냈다.

"호검관을 탈출한 한 쌍의 남녀가 있소. 그들의 생포 여부를 알려 줘야겠소."

"질문이 많군."

"당신의 목숨 값으로는 그리 많은 건 아니라고 생각하오만?"

"내 목숨 값이라……."

혈유가 쓴웃음과 함께 말끝을 흐렸다. 여전히 사기가 깃든 얼굴이나 속내를 짐작하기 어렵다.

잠시뿐이다.

곧 입가에 깃든 고소(苦笑)를 거둔 혈유가 말을 이었다.

"……날 살려 줄 마음이 있다는 걸 확인시켜줘야만 할 것 같소이다만?"

"당신, 십 년이 지나면 날 이길 수 있을 것 같소?"

"무리지."

"그럼 삼십 년이 주어진다면 어떻소?"

"……."

혈유가 잠시 생각에 잠겼다.

과거 신마혈맹의 십대 세력 중 하나인 잔혈마방에서도 최강급의 고수가 혈사삼혼이었다. 그리고 그런 혈사삼혼의 연수합격은 잔혈마방주조차 한 수 접어줘야만 할 정도의 위력이 있었다. 적천경을 만나기 전까진 단 한 번도 패배를 생각해 본 적이 없었을 정도였다.

한데 지금은?

형제와 같던 혈사삼혼 중 혈도, 혈노가 목숨을 잃었고,

혈유 자신은 한 팔을 잃었다. 혼자서 혈사삼혼의 연수합격을 단숨에 깨부순 적천경에게 다시 덤벼들 엄두 따윈 낼 수 없는 게 당연했다.

'삼십 년? 거기에 한 갑자의 세월이 더해진다 해도 나로선 무리다!'

내심 고개를 저어보인 혈유가 침묵을 깼다.

"나는 당신한테 완전히 패배했소. 원수를 갚겠다는 생각 따윈 삼십 년이 아니라 죽을 때까지 하지 않을 테니, 흰소리 따윈 더 이상 하지 마시오."

"그럼 내가 당신을 굳이 죽일 필요가 없다는 것도 이해할 수 있을 것이오. 그렇지 않소?"

"궤변이로군."

"일 리가 있는 궤변이고, 현재 당신으로선 받아들일 수밖에 없는 궤변이오."

'적당한 협박이로군.'

적천경을 다시 사기 어린 표정으로 바라본 혈유가 내심 한숨을 쉬고 말했다.

"무공만큼 입심이 센 사람이로군. 내가 아는 것만 말해도 되겠소?"

"일단 들어보지."

"흥!"

나직한 코웃음과 함께 혈유가 자신이 아는 바를 털어놓기 시작했다. 적천경이란 사람에게 잔머리 따윈 통하지 않는다는 걸 알고 정공법을 선택한 것이다. 그게 자신의 목숨을 진짜 구해 줄 수 있을지는 장담할 수 없지만 말이다.

* * *

섭가장(葉家莊).

인근에서 제법 큰 부자인 섭원평의 집은 어둠과 비에 젖어 묘한 귀기(鬼氣)를 자아내고 있었다.

물론 어쩌면 당연하다고 할 수 있겠다.

현 시각은 삼경의 끝자락!

조금만 더 지나면 새벽이 올 시각이니, 사람의 인적이 느껴질 리 만무하다.

한데, 그런 섭가장의 바로 앞에 언젠가부터 두 명의 남녀가 비를 맞으며 서 있었다. 얼마 전 호검관의 뒷산을 떠난 나현과 황조경이었다.

섭가장을 묵묵히 지켜보던 황조경이 나현을 바라봤다. 조금 못미더워하는 표정이다.

"나 대협, 정말 여기라고 생각하세요?"

"물론이오!"

"하지만 하오문에서 얻은 정보에 의하면……."

"설마 날 못 믿는 것이오?"

"……."

자신을 오만하게 바라보는 나현의 시선을 느낀 황조경이 슬그머니 고개를 옆으로 돌렸다. 자신의 속내를 그에게 있는 그대로 전달하고 싶지 않았기 때문이다.

나현이 콧김을 뿜어냈다.

"황 소저는 정보쟁이들의 속성을 잘 몰라서 그러시는 것이오."

"정보쟁이들의 속성? 그게 뭐죠?"

"간단하오. 정보쟁이들은 항상 자신이 얻은 정보의 가치와 쓰임새에 목숨을 거는 족속들이오. 그래서 자신의 목숨이 걸린 일에도 최후의 한 수 정도는 숨겨 놓곤 하는 것이오."

"그건 십살귀 염독이 거짓 정보를 제게 넘겼다는 건가요?"

"그렇진 않을 것이오. 황 소저의 황금귀상련은 하오문에서도 꽤 큰 고객일 테니까."

"하지만 진짜 정보는 숨겼다는 거로군요?"

"그랬을 가능성이 크다고 나는 생각하오."

"이유가 있을 테지요?"

"황 소저도 그 이유는 이미 짐작했을 것 같소만?"

'이 사람…….'

황조경이 새삼스러운 표정으로 나현을 바라봤다.

창위 출신의 무사!

그동안 은밀히 북경 쪽에 비선을 통해 알아봤지만 특별한 정보를 얻을 순 없었다. 창위에서 제법 능력을 인정받는 사람이라는 것만 알 수 있었을 뿐이다.

그래서 항상 의구심을 품고 있었다.

무당산에서 적으로 만난 나현과 적천경, 구손이 느닷없이 금란결의를 맺은 이유를 말이다.

한데 호검관에 도착한 이후부터 사람이 꽤나 달라 보인다. 조금 실없어 보이던 모습 속에 숨겨져 있던 날카로운 진면목이 슬슬 드러나기 시작한 것이다.

그때 나현이 주변을 이리저리 둘러보고 말했다.

"뭐, 어찌 됐든 하오문의 십살귀란 녀석이 황 소저에게 전해 준 정보는 나름 요긴했소. 어떤 식으로 녀석들이 점조직을 운영하는지 파악하는데 도움이 되었으니까 말이오."

"그래서 알아낸 게 이곳이란 건가요?"

"그렇소."

"그럼 우리끼리만 이곳에 온 건 문제가 있는 거 아닐까요?"

"전혀 문제될 게 없소. 내가 있으니까!"

특유의 거만한 표정과 함께 자신의 가슴을 주먹으로 두드려 보이는 나현의 모습에 황조경이 내심 한숨을 내쉬었다. 그에게 가졌던 호감과 기대감이 갑자기 확 반감되는 걸 느껴서였다.

어찌 됐든 그래도 어쩔 수 없다.

여기까지 온 이상 뒤로 물러설 수 없었다.

"그럼 들어가 보죠!"

"잠깐만 기다리쇼!"

'또 뭔가 내가 모르는 게 있는 건가?'

황조경이 의혹에 찬 표정을 지어 보였을 때였다.

툭!

나현이 발끝으로 돌멩이 하나를 차서 손에 쥐더니, 섭가장을 향해 집어던졌다.

휘익!

커다란 포물선을 그리며 날아가는 돌멩이!

그러자 얼마 지나지 않아, 안쪽에서 역시 비슷한 크기의 돌멩이가 날아왔다.

'설마 그 사이 섭가장에 사람까지 심어 놨다는 건가?'

황조경의 눈이 커졌다.

도대체 구손이 진혼제를 하는 반나절 동안 나현이 얼마

나 많은 일을 하고 돌아다녔는지 짐작조차 할 수 없었다. 부친 황금왕 황대구를 의심하느라 머릿속이 복잡했기 때문이다.

그때 히죽 만족스러운 미소를 입가에 매단 나현이 다시 거만한 표정을 지어 보이며 말했다.

"갑시다!"

"따르지요!"

황조경이 진심으로 승복한 표정으로 대답했다. 잠시 후 곧바로 이때의 결정을 후회하게 되었지만.

그르르륵! 철컥!

그르르륵! 철컥!

기묘한 소음과 함께 어둠 속에서 기관음이 연신 터져 나왔다. 귀기를 품고 있던 섭가장과 더할 나위 없을 만큼 잘 어울릴 정도로 소름 끼치는 소리다.

섭가장 내부로 뛰어든 후 빠르게 내부로 이동하고 있던 황조경이 나현을 향해 말했다.

"이게 무슨 소리죠?"

"글쎄, 나도 처음 들어보는 소리라서 잘 모르겠소만……."

황조경의 질문에 고개를 저어보인 나현이 침중한 표정이

되었다. 문득 그의 눈앞으로 번뜩이는 칼날 하나가 소리 없이 날아들었기 때문이다.

차앙!

기룡신창이 아슬아슬하게 칼날을 받아 냈다.

찌르르하니 손을 울리는 반동!

"……썩 좋은 소리는 아닌 것 같소!"

"그러게요."

황조경이 동의를 표하며 품에서 중검(中劍) 하나를 꺼내 들었다.

한 자 반가량의 길이!

그에 반해 드러난 칼날은 한성(寒星)과 같은 광채를 발한다.

한눈에 보기에도 단금절옥의 명기(名器)일 터.

파팟!

허공을 가르며 휘두르자 서늘한 검기가 어둠을 가른다. 흡사 검기가 종횡하는 것 같은 광경이다.

그러나 그때 하늘에서 그녀를 노리며 칼날이 떨어져 내렸다.

쉐에엑!

황조경이 중검으로 얼른 방어에 들어갔다. 중검을 들어서 자신의 머리를 가로막은 것이다.

서걱!

무언가 잘리는 소리가 들렸다.

하늘에서 떨어져 내린 칼날이다. 놀랍게도 떨어져 내리는 기세, 그대로 황조경의 중검에 잘려서 두 토막으로 변해버렸다. 마치 부엌칼에 잘린 두부처럼 말이다.

나현이 휘파람과 함께 소리쳤다.

"휘이! 그 검, 이름이나 압시다?"

"어장검(漁場劍)!"

"어장검? 그 거짓말 진짜요!"

"별거 아니에요. 십만금(十萬金) 정도 가치밖에 안 되는 거니까요."

'십만금이 별거가 아니라고?'

나현이 황당한 기색으로 황조경을 바라봤다.

전 창위의 십대 고수!

직속상관으로 모셨던 금의위 부영반 주약린은 절세미녀이자 엄청난 사치로 유명했다. 황제의 총애를 바탕으로 웬만한 귀부인 저리가라 할 정도의 생활을 유지하고 있었다. 황실과 관계된 사람들의 수준이란 건 본래 그러했다.

그런 극에 이른 사치에 길들여진 나현임에도 황조경의 발언은 당황스러웠다. 그만큼 십만금이란 금액은 엄청났기 때문이다. 적어도 오랜 공직 생활에도 북경에 변변찮은 저택 하나 갖지 못한 그에겐 그러했다.

아니다.

그보다 그는 어장검이란 전설의 검에 흥미를 느꼈다.

담로(湛盧), 거궐(鉅闕), 호조(豪曹), 순균(純鈞)와 함께 춘추전국시대 월나라 구야자(歐冶子)가 만든 오대 명검에 손꼽히는 어장검이기에 무인으로서 관심을 끊기 어려웠다. 실제로 기룡신창이 그저 막아내는 것에 그친 칼날을 황조경의 어장검은 간단히 절단해 버렸지 않은가.

'부.럽.다!'

긴말 필요 없다.

강호의 평범한 여협처럼 털털하게 다니던 황조경에게서 갑자기 휘황찬란한 후광이 보였다. 일시적이나마 절세미녀 주약린 보다 더 아름답다는 착각까지 느낄 정도였다.

물론 남의 떡일 뿐이다.

그녀의 적천경에 대한 마음을 알고 있기에.

'쩝!'

내심 입맛을 다신 나현이 갑자기 기룡신창을 빠르게 휘둘러대기 시작했다.

팟! 파파파팟!

쾌속의 찌르기!

창법의 기본 중 기본이라 할 수 있는 연속 찌르기에 사방에서 요란한 쇳소리가 터져 나왔다. 방금 전 나현과 황조경에게 칼날을 날렸던 어둠 속의 존재, 청동 무사상들에게서 시퍼런 불똥이 연달아 튀어 올랐다.

“역시 안 통하는 건가?”

“제가 해 보죠!”

황조경이 앞으로 나섰다.

어장검을 휘두른다.

종횡으로 성광(星光)을 닮은 검기를 뽑아내서 청동 무사상들을 베어갔다.

서걱! 서걱! 서걱!

일단 기룡신창 때와는 소리부터가 달랐다.

결과는 두말하면 잔소리였다.

황조경의 어장검은 단숨에 앞을 가로막고 선 청동 무사상들을 무 자르듯 잘라 버렸다.

두 번의 칼질도 필요치 않았다.

— 일격(一擊)! 일참(一斬)!

황조경의 어장검은 단숨에 열 개가 넘는 청동 무사상을 일도양단했다. 종종 청동 무사상에게서 튀어나온 칼날도 하나 남김없이 잘라 버렸다.

'너무 쉽잖아!'

나현이 황조경의 뒤를 따르며 내심 연신 감탄사를 발했다. 이렇게 쉽게 섭가장에 펼쳐진 기관을 분쇄해도 되는지 의문이 갈 지경이었다.

하지만 곧 그의 안색이 변했다. 경고의 목소리 역시 잊지 않는다.

"황 소저, 뒤로 물러서시오!"

"예?"

"그냥, 말 좀 들어요!"

버럭 소리를 지른 나현이 언제 황조경 뒤만 졸졸 따라다녔냐는 듯 그녀를 제치고 앞으로 나섰다.

그리고 바로 그때다.

피잉!

날카로운 파공성과 함께 나현의 어깨 한쪽이 축 늘어졌다. 놀랍게도 어둠 속에서 날아온 암기에 왼쪽 어깨를 관통당해 버린 것이다.

당연히 그것만으로 끝일 리 없다.

피잉! 피잉! 피잉!

기다렸다는 듯 다시 암기가 나현을 노렸다. 그의 무너진 상반신 전체를 향해 우박처럼 쏟아졌다.

그러나 그때 거짓말 같은 일이 벌어졌다.

빙글!

순간 무너진 자세 그대로 신형을 한 바퀴 회전한 나현의 손을 따라 기룡신창이 변화를 보였다.

따다다다당!

암기가 비산한다.

사방으로 날아간다.

그 사이로 나현이 파고들었다. 어둠 속으로 불쑥 뛰어들어 기룡신창을 이리저리 휘둘러댔다. 그렇게 방금 전 황조경을 향해 암기를 퍼부어댔던 기관을 삽시간에 박살냈다.

그러자 기릭거리는 소리와 함께 사방에서 모습을 드러낸 또 다른 청동 무사상!

이번에는 더욱 평범하지 않아졌다.

— 쌍두팔비(雙頭八臂)!

아주 훌륭한 괴물이다.

그것도 두 개의 얼굴에서 불을 뿜어내고 여덟 개의 팔에 들린 각기 다른 병장기를 맹렬히 휘둘러대는.

"여긴, 도대체 뭐야?"

"이건 악몽이로군! 악몽일 거야?"

황조경과 나현이 거의 동시에 비명처럼 소리를 질렀다.

그렇게라도 하지 않고선 눈앞에 펼쳐진 기괴한 괴물의 등장을 받아들이기 쉽지 않았기 때문이다.

하지만 곧 더 큰 시련이 그들을 덮쳐 왔다.

쌍두팔비 괴물에 이어 모습을 드러낸 또 다른 청동 무사들!

숫자가 처음보다 더 많다.

아주 떼로 몰려나왔다. 마치 사실은 살아 있는 인간이 안에 들어가 있는 것처럼 말이다.

'응?'

황조경이 갑자기 뇌리를 스쳐 간 생각에 눈을 빛냈다.

불가능한 일도 아니다.

이렇게 섬세한 기관 병기나 청동 무사가 존재하는 것보다 그쪽이 더욱 현실성이 있기에.

"일단 시험이나 해볼까?"

"뭘 시험하겠다는 것이오?"

"엄호 부탁드려요!"

"황 소저!"

황조경이 나현의 애절한 부름을 뒤로하고 눈앞의 쌍두팔비의 괴물에게 달려들었다.

손에 들린 건 어장검!

여전히 하늘의 별빛이 내려앉은 듯한 검광이 그녀의 전

신을 찬연하게 에워싼다. 마치 그녀 자체를 호위라도 하려는 것처럼 말이다.

그렇게 어장검이 화려한 검광을 일으켰다!

“망할! 망할! 망할!”

나현은 연신 욕설을 쏟아 내며 황조경의 배후로 달려드는 청동 무사들을 향해 기룡신창을 휘둘러댔다. 그녀의 요청대로 일단 엄호에 나선 것이다.

* * *

털푸덕!

비를 피해 찾아든 호검관의 폐허 한편에서 잠시 잠을 청하고 있던 구손이 바닥에 쓰러졌다. 두 다리를 모으고 쪼그려 앉은 채 졸다가 옆으로 자빠져 버린 것이다.

“으! 추, 추워!”

구손이 오랜 비로 습기를 잔뜩 먹은 바닥에서 몸을 일으키며 몸을 웅크렸다. 무공을 익히지 못한 학도인 터라 불도 피우지 않고 습기로 가득한 공간에서 버티는 게 쉽지만은 않았으리라.

그렇게 잠시 추위를 자신의 체온으로 녹이는데 전념하던 구손의 눈이 몇 차례 깜빡거렸다.

어느새 비가 멈췄다.

습기는 여전했으나 구름까지 걷혀서 달빛까지 바닥으로 교교하게 떨어져 내리고 있었다. 갑자기 세상 자체가 완전히 달라진 것 같다.

"월궁(月宮)의 항아(姮娥) 선자님께서 얼굴을 내미셨으니, 슬슬 금일의 액운(厄運)도 끝날 때가 된 것입니까?"

"금일의 액운이라……."

"……."

갑자기 들려온 부드러운 목소리에 구손의 얼굴에 묘한 표정이 떠올랐다.

예상했던 일일까?

구손이 입을 다물고 있으니 짐작조차 할 수 없겠다.

그때 언제 비가 내렸다는 듯 환해진 달빛을 언뜻 가리며 큼지막한 덩치의 장년인이 모습을 드러냈다.

— 황금왕 황대구!

중원 삼대 거상 중 일좌인 황금귀상련의 주인이자 황조경의 부친인 그의 등장은 무척 갑작스러웠다. 이런 곳에서 이런 식으로 모습을 드러낼 만한 사람이 아니기 때문이다.

"놀랐는가?"

"놀랐습니다."

"표정만 봐서는 전혀 그런 것 같지 않네만?"

"빈도가 본래 얼굴이 검고 투박해서 표정의 변화를 친한 사람이 아니면 알아보기 쉽지 않습니다."

"누가 그러던가?"

"빈도의 스승께서 항상 하시던 말씀입니다."

"그 외에도 몇 가지 말씀을 하셨을 것 같네만?"

"맞습니다. 그런데 빈도가 어리석어서 아직까지 기억하는 게 많지 않습니다."

"그건 안 된 일이로구만."

황대구가 미미하게 고개를 끄덕이고 손을 들어 손가락 하나를 까닥거려 보였다.

우르르르!

그러자 갑자기 모습을 드러낸 십여 명의 노복들.

그들은 이리저리 움직이더니, 곧 구손과 황대구 앞에 그럴듯한 의자와 다탁, 적당한 간식 등을 차려놨다. 마치 하늘에서 뚝 떨어진 천신천장(天神天仗)들과 같이 능수능란하게 자리를 마련한 것이다.

황대구가 그중 푹신하고 편해 보이는 의자에 육중한 몸을 파묻고서 구손에게 손짓했다.

"이리 와 앉게나. 옷도 한 벌 내 줄 테니, 그 젖은 도복도

갈아입고 말일세."

"그건 정말 감사한 말씀이십니다."

구손이 황대구에게 정중하게 허리를 숙여 보이고 그의 노복들이 가져온 깨끗한 도복으로 갈아입었다. 어차피 어둠을 밝히는 건 달빛뿐이고, 주변에 여인네의 그림자도 보이지 않았기 때문인지 행동에 거침이 없다.

'과연 들었던 것처럼 재밌는 도사로군.'

황대구가 살에 파묻힌 실눈 사이로 미묘한 안광을 흘리며 입가에 흐릿한 미소를 만들어 냈다.

황금귀상련의 비선!

부련주 황조경의 생각과 달리 그동안 충실하게 임무를 수행하고 있었다. 그녀를 비롯한 적천경 일행의 면면을 하나도 빼놓지 않고 황대구에게 전해 주는데 전력을 기울였다. 물론 거기에 황대구의 입김이 강하게 작용했으리란 건 쉽사리 짐작할 수 있는 일일 터였다.

"우물! 우물!"

그 같은 저간의 사정을 아는지 모르는지 냉큼 맞은편 의자에 앉은 구손은 쉴 새 없이 간식을 먹어댔다. 흡사 며칠쯤은 굶은 것 같이 한참 동안 손과 입을 쉬려하지 않았다.

황대구가 그 모습을 묵묵히 지켜보다 히죽 웃어 보였다.

"많이 배가 고팠나보구만?"

"우물! 우물! 그랬었던 것 같습니다."

"본래 춥고 배고픈 게 세상에서 가장 견디기 힘든 일이지. 준비한 음식이 많으니 사양 말고 양껏 드시게나."

"고, 고맙습니다."

정말로 구손은 전혀 사양하지 않았다.

황대구의 노복들이 몇 차례에 걸쳐 바꾼 간식 그릇을 하나도 빠짐 없이 비워냈다.

그렇게 얼마나 시간이 지났을까?

결국 노복이 여섯 번째로 가져온 간식까지 깨끗이 비운 구손이 비로소 고개를 들었다. 어느새 창백하던 얼굴에 개기름이 돌기 시작한 게 기력이 어느 때보다 충만해진 것 같다.

"다 드셨는가?"

"예, 덕분에 아주 잘 먹었습니다."

"다행이구만. 그럼 네 한 가지만 묻겠네. 내가 누군지 아시는가?"

"황금왕이 아니십니까?"

"역시 듣던 대로 신통력이 있는 도사로구만?"

"신통력이라니, 천부당만부당한 말씀이십니다. 그냥 빈도는 생각을 해봤을 뿐입니다."

"어떤 생각을 하셨는가?"

"무당산에서 금마옥이 파옥된 후 일어난 일련의 일들에 영향력을 행사할 수 있으려면 참 돈이 많아야겠다고 말입니다."

"돈이 많은 자들은 세상에 널렸지 않은가?"

"그렇지요. 하지만 신마혈맹과 관계가 있는 돈 많은 분은 그리 많지 않을 거라 생각합니다."

"허허, 그거 참 곤란한 말이로구만!"

황대구가 턱살이 접힐 정도로 대소를 터뜨린 후 구손을 향해 고개를 살짝 내밀었다.

"구손도장, 자네가 마음에 드네! 나 황금왕의 일을 도와줄 생각이 없는가?"

"고마운 말씀이십니다."

"허락하는 건가?"

"아쉽게도 무당산에서 빈도에게 과분한 형제를 만났습니다. 황금왕 도우님의 말씀은 고마우나 형제들을 배신할 수는 없습니다."

"그렇구만?"

"예, 그렇습니다."

구손이 담담하게 말하자 황대구가 고개를 살짝 삐딱하게 기울이며 말했다.

"그럼 말을 달리하지. 권주(勸酒)를 마다하면 본왕은 벌주(罰酒)를 준다네. 그래도 마음을 바꿀 생각이 없는가?"

"도사는 본래 술을 마실 수 없습니다."

"그렇군."

다소 무뚝뚝한 대답과 함께 황대구가 자리에서 일어섰다. 푸짐한 몸이 만들어 낸 그림자가 언뜻 달빛을 가려서 구손의 얼굴에 짙은 음영(陰影)을 드리운다.

"술을 마시지 않는다고 했으니, 저승 가는 길 노잣돈은 나중에 충분히 준비해 줌세."

"평생 한 번도 먹어보지 못했던 진미(珍味)를 맛보게 해 주신 것만으로 충분합니다. 그리고……."

"응?"

갑자기 말끝을 흐린 구손을 향해 고개를 돌리던 황대구의 안색이 가볍게 변했다.

"……어서 이곳을 떠나십시오. 방금 전 빈도에게서 황금왕 도우님에게로 액운이 넘어갔으니 말입니다."

"모산파 도사처럼 점을 잘 친다더니, 정말이로구만!"

"그냥 잡기(雜技)입니다."

"잡기라……."

처음과 같아진 묘한 시선으로 구손을 바라보던 황대구가 다시 손을 들어 보이곤 총총 걸음으로 멀어져 갔다.

뛰는가?

언뜻 달빛이 떨어져 내리는 저편으로 황대구의 육중한 몸이 더할 나위 없을 만큼 빠르게 멀어져 가는 모습이 보인다. 구손의 충고를 허투루 흘려듣지 않고 전력으로 지키려 한 것이다.

"무량수불!"

구손이 역시 자리에서 일어서서 도호로써 황대구를 배웅했다.

얼굴에 언뜻 감탄의 기색이 떠올라 있다.

그냥 던진 한마디를 이렇게까지 적극적으로 받아들일 줄은 몰랐다. 진정 괴물 같은 생존 본능과 생에 대한 집착이란 생각밖에는 안 든다.

'흐음, 저승길 노잣돈을 조금 과하게 받아 쓸데없는 오지랖을 부린 게 아닌지 모르겠구나!'

구손이 내심 고개를 저어보이며 뒤통수를 긁적였다.

황금왕 황대구와의 첫 대면은 정말 인상적이었다. 그답지 않게 지난 일이 살짝 후회가 될 정도로 말이다.

그때 황대구가 남기고 간 노복들이 갑자기 일제히 품에서 칼을 빼 들었다.

차창!

차차차차창!

교교한 달빛이 퍼지고 있던 호검관의 폐허 위로 섬뜩한

살기가 가득 찼다. 황대구가 남긴 벌주를 노복들은 적극적으로 줄 생각에 빠졌음에 분명하다.

긁적!

구손이 다시 머리를 긁었다.

황대구의 제안을 거절했을 때부터 그의 운명은 결정된 것이나 다름없었다. 애초에 그를 제거하기 위해 다른 자들이 모두 떠난 지금 이 순간을 노려 찾아왔을 테니까 말이다.

'근데 내 점괘가 틀린 건 아닐 테지?'

살짝 걱정이 된다.

살기등등해서 일제히 칼을 뽑아든 십여 명의 노복을 보자니, 여느 때처럼 여유를 부리기가 쉽지 않아졌다.

하지만 본래 성격이 어디 가는 게 아니다.

의관을 정갈히 정제한 구손이 태연하게 말했다.

"곧 새벽이라 날씨가 찹니다. 도우님들께서는 망설이지 말고 바로 손을 쓰시지요. 빈도는 진실로 무공을 전혀 익히지 못한 학도니까요."

"우어어!"

"우어어!"

구손의 말이 떨어진 순간 주저하고 있던 노복들이 괴상한 울부짖음을 터뜨리며 구손에게 달려들었다. 진짜 벌주를 확실히 먹일 작정을 한 것 같이 말이다.

"어이쿠!"

구손이 비명과 함께 뒤로 자빠졌다. 느닷없이 십여 개의 칼날에 의해 난도질당할 위기에 처하자 손발이 크게 어지러워져서 몸의 균형을 잃어버렸다.

그리고 그런 그를 노리며 떨어져 내린 칼날들!

'무량수불!'

구손이 내심 도호를 외치며 눈을 질끈 감았다. 죽음을 직면한 그가 취할 수 있는 마지막 행위였다.

그런데 이상하다!

바로 코앞에까지 도달했던 칼날을 보고 눈을 감았는데, 한참이 지나도 별다른 아픔이 느껴지지 않는다. 고통도 느낄 새가 없이 이승을 하직해 버린 것일까?

그렇진 않았다.

자빠진 등판으로 느껴지는 축축한 느낌이 생각 이상으로 또렷했다. 고통을 느낄 수 없는데, 이런 불유쾌한 감각만 생생히 남아 있을 리 만무하다.

'그러니 일단 눈을 떠서 확인해야겠지?'

잠시의 망설임 끝에 결단을 내린 구손이 있는 힘껏 감았던 눈꺼풀에서 힘을 풀었다. 삐뚜름하게 고개를 외로 꼬은 채 눈을 뜨자 괴상한 광경이 눈앞에 펼쳐져 있었다.

방금 전까지 구손을 죽이기 위해 달려든 황대구의 노복들!

손에 손에 시퍼런 장도를 빼 들고 있던 그들은 일제히 바닥에 나자빠져 있었다. 칼을 손에 든 상태 그대로 물에 젖은 땅바닥에 쓰러져서 옴짝달싹도 못하는 꼴이 되었다.

그리고 그 앞에 멸천뇌운검을 든 채 서 있는 적천경.

떨어져 내리는 달빛과 더할 나위 없을 만큼 잘 어울려 보이는 그의 모습을 확인한 구손의 눈이 동그래졌다.

"응?"

그러자 적천경이 멸천뇌운검을 검갑에 넣으며 구손을 돌아봤다.

"구손 형님, 다친 곳은 없습니까?"

"적 현제, 너무 늦게 왔지 않는가?"

"제가 너무 늦게 온 겁니까?"

"당연하지! 아주 많이 늦었네!"

짐짓 화를 내며 구손이 젖은 땅에서 몸을 일으키곤 다시 의관을 정리했다. 마치 옷이 젖어서 화가 난 사람 같다. 딱 그런 모양새였다.

적천경이 피식 웃으며 고개를 끄덕여 보였다.

"늦어서 죄송합니다."

"잘못을 인정한다는 건 군자(君子)다운 일이지. 적 현제는 확실히 인간 세상의 군자로 손색이 없네."

"군자란 말은 사양하겠습니다."

"군자가 싫은가?"

"예."

적천경의 단호한 대답에 구손이 한차례 고개를 끄덕이고 화제를 바꿨다.

"설마 도우님들을 다 죽인 건 아닐 테지?"

"저는 몸이 불편한 사람들을 죽일 만큼 살인귀는 아닙니다."

"몸이 불편한 사람들?"

"이들은 하나같이 농아(聾啞)들입니다. 귀가 들리지 않을뿐더러 말조차 못하는 자들로 특수한 명령만을 듣게 오랫동안 길들여졌을 겁니다."

"그렇구만?"

구손이 다시 고개를 끄덕여 보이고 갑자기 눈을 빛냈다. 뭔가 떠올린 게 분명하다.

"적 현제, 그런데 그런 것치고는 이분 도우님들의 무공이 지나치게 평범한 게 아닌가?"

"그렇습니다. 그래서 뭔가 다른 암수가 숨어 있을 거라 생각합니다."

"암수?"

구손이 의아한 표정으로 반문을 한 것과 동시였다.

"우어어!"

예의 괴성과 함께 바닥에 쓰러져 있던 노복 중 한 명이 적천경을 향해 파고들었다.

다른 자들과의 차이점?

어느새 양손에 나눠지고 있는 두 자루의 쌍단검이다!

길이가 살짝 차이가 나는 두 개의 단검!

그중 하나가 적천경의 훤하게 드러난 목덜미를 노리고, 다른 하나는 허리를 양단해 갔다.

'검을 뽑지 못하게 할 셈이로군! 처음부터 내가 검을 회수하기만을 기다리고 있었던 거야!'

적천경의 눈에 이채가 어렸다.

찰라의 순간!

그는 암수의 정체와 의도를 정확히 판단해냈다. 이런 식의 암습 정도는 그리 어렵지 않게 파악했다는 뜻이다.

하지만 단지 이런 것뿐일까?

'그럴 리가 없지!'

적천경이 내심 냉소와 함께 신형을 반회전했다.

— 분뢰보! 일보반세(一步半世)!

분뢰보 중 가장 좁은 간격에서 사용하는 보신경!

어떤 식의 공격이라 해도 일단 받아넘길 수 있다. 적을 제압하는 건 다른 종류의 문제이겠지만 말이다.

팟!

일순 적천경의 신형이 미세한 흔들림을 보였다.

진동?

일단 그렇게 보인다.

팍!

그 사이로 튀어나온 손날!

거의 코앞까지 다가선 암수의 태양혈을 가격한다. 방금 전 다른 노복들을 제압했을 때와 다름없이 말이다.

그러나 확실히 이번에는 그렇게 쉽지는 않았다.

창!

순간, 자신의 공격을 포기한 암수가 쌍단검을 교차해 적천경의 손날을 받아내고 신형을 뒤로 날렸다. 그리고…….

푹! 푹! 푹!

그의 쌍단검이 노복들을 연달아 찔렀다. 방금 전까지 자신의 동료였던 자들의 목숨을 끊어 버린 것이다.

"악랄한!"

적천경이 처음으로 감정을 드러냈다.

암수의 비인간적인 살수에 분노를 느낀 것이다.

펑!

그때 암수가 바닥에 연막탄(煙幕彈)을 터뜨리고 순식간에 자취를 감춰 버렸다. 마치 처음부터 이럴 작정을 하고 있었던 것처럼 적천경으로부터 도망친 것이다.

10장

미신(美神) 당세령!

"무량수불!"

구손이 삽시간에 몰살을 당한 황대구의 노복들을 향해 도호와 함께 깊게 허리를 숙여보였다.

자신을 죽이려했던 자들!

하지만 전혀 유감이 없어 보인다.

오히려 그들의 죽음을 진심으로 동정하고, 안타까워하는 것 같다.

적천경이 그에게 말했다.

"구손 형님은 이들의 정체를 알고 계십니까?"

"모르네."

"그런 것 치고는 꽤나 융숭한 대접을 받으신 것 같습니다만?"

"정말 대단한 대접을 받았지. 태어나서 그런 환대는 처음이었다네."

"그리고 목숨을 위협 받으셨지요."

"그리 걱정하진 않았다네. 내 수명은 아직 꽤 많이 남았으니까 말일세."

"그렇군요."

적천경이 이해했다는 듯 고개를 끄덕여 보였다.

구손의 점괘는 꽤나 용했다. 거의 신통력에 가깝다고 인정한지 오래였다. 그래서 무당산에서부터 함께하고 있는 것이고 말이다.

그리고 또 한 가지!

혈유에게 몇 가지 정보를 얻은 후 구손을 찾아온 결정적 이유 중 하나인 그의 특기를 떠올린 적천경이 말했다.

"구손 형님께서 절 좀 도와주셔야 할 것 같습니다."

"적 현제의 부탁이라면 최선을 다해 도와야 할 테지. 어떤 부탁인지 말해 보시게."

"기관진식(機關陣式)으로 가득한 집이 있습니다. 그곳에 몰래 침투해야만 하는데 가능하겠습니까?"

"기관진식이라……."

잠시 뜸을 들인 구손이 입가에 흐릿한 미소를 매달았다. 그답지 않게 꽤나 자신만만해 보이는 표정과 함께다.

"……내가 기관진식에는 좀 일가견(一家見)이 있는 편이지!"

"가능하겠습니까?"

"기관진식이란 건 결국 문제 풀이라고 할 수 있네. 그리고 그런 건 학도가 항상 하는 일이지."

"믿고 있었습니다."

적천경이 구손에게 슬쩍 고개를 숙여 보이고 대뜸 그의 허리를 한 손으로 끌어안았다.

"꼭 이래야만 하는가? 이런 자세는 날 무척 불편하게 한다네!"

"참으십시오."

"그러지."

단호한 적천경의 한마디에 구손이 얼른 순응했다. 그동안의 교유(交遊)로 인해 그가 이런 식으로 나올 때는 협상의 여지가 없다는 걸 알고 있었기 때문이다.

슥!

적천경이 공중으로 신형을 뛰어올랐다. 구손이 언제 불편함을 호소했냐는 듯 그에게 바짝 달라붙었음은 물론이었다.

*　　*　　*

같은 시각.

호검관의 폐허에서 연막탄을 이용해 탈출하는데 성공한 암수는 잰걸음으로 신형을 움직였다.

중간중간 주변을 빙빙 돌았다.

혹시 뒤따르는 자가 있을 것을 저어(齟齬)한 행동이었다.

그렇게 한참의 시간이 흘러 암수가 어둠에 휩싸인 고택(古宅)의 담장을 뛰어 넘었다.

슥!

그리고 몇 개의 문을 넘어 도착한 곳은 넓은 대청!

그 한가운데에 위치한 화려한 태사의에 풍만한 몸을 푹 파묻고 있는 황금왕 황대구 앞에 암수가 부복했다.

"속하 교령이 련주님께 죄를 청합니다!"

"도사 녀석을 죽이는데 실패한 것이냐?"

"예……."

"이유는?"

"중간에 적 관주가 나타나서 노복들을 모두 제압했습니다."

"시의적절(時宜適切)한 등장이로군! 아주 시의적절한 등장이야!"

묘한 감탄사가 섞인 황대구의 말에 교령이 고개를 바닥으로 향했다.

"노복들은 모두 처리했습니다!"

"그 녀석들에게서 얻을 정보는 거의 없는데, 굳이 그런 짓을 한 이유가 있을 테지?"

"……."

"아! 네 정체를 적천경, 그자가 알게 되어선 곤란하겠군. 아직 그자의 곁에 붙어 있을 필요가 있으니까 말야."

"그렇습니다."

"흠!"

황대구가 문득 살에 파묻힌 실눈을 더욱 작게 만들며 턱밑 살을 손가락으로 슬슬 문질렀다. 뭔가 깊은 생각에 잠긴 모양새이다.

잠시뿐이다.

곧 손가락을 턱밑 살에서 떼어 낸 황대구가 그때까지도 부복을 풀지 않고 있는 교령에게 손을 내저어 보였다.

"그만 물러가 보도록 하거라!"

"예, 그런데……."

"할 말이 남았느냐?"

"……부련주님께서 본련의 비선 조직을 의심하시기 시작한 것 같습니다."

"뭐, 시간문제였을 뿐이지. 그 정도 능력이 없다면 본왕의 후계자라 불리는 게 부끄러울 테니까 말야. 어차피 녀석이 할 수 있는 일은 그리 많지 않을 테니 크게 신경 쓸 게 없다."

"그럼 속하는 이만 물러가 보도록 하겠습니다!"

"앞으로 구손이란 도사 놈과 거리를 두도록 하거라. 이번에 봤더니, 구손이란 도사 놈이 꽤나 요사스럽더구나!"

"존명!"

교령이 복명과 함께 황대구 앞에서 자취를 감췄다. 보고가 끝났으니 다시 호검관으로 돌아가야만 할 터였다.

잠시 후.

고택의 대청을 홀로 차지한 채 새벽이 오기를 기다리고 있던 황대구가 갑자기 움찔 놀란 표정이 되었다.

'도대체 언제부터……?'

놀랄 만하다.

그럴 수밖에 없겠다.

어느새 서서히 여명이 움트기 시작한 저편.

고택의 낮은 담장 위에 독특한 기도를 지닌 백발백염의 노문사가 모습을 드러내고 있었다.

— **신문만천(神文滿天) 제갈유하!**

당금 정파의 기둥이라 불리는 삼신 중 일좌이자 천하제일모사(天下第一謀士)라 불리는 정천맹의 당대 맹주가 노문사의 정체였다.

황대구가 제갈유하를 잠시 올려다보다 힘겹게 태사의에서 몸을 일으켰다.

"항상 사람 놀라게 하는데 아주 탁월한 재주가 있소이다!"

"내가 놀라게 했던가?"

"놀라게 했소이다! 최소한 본왕을 놀라게 하는 데는 대성공을 거두셨다고 자부해도 될 것입니다!"

"그건 미안하게 되었군."

전혀 미안해 보이지 않는 표정과 함께 제갈유하가 서 있던 담장에서 대청 앞으로 뛰어내렸다.

스으!

흡사 무게가 느껴지지 않는 것 같다.

그런 느낌으로 제갈유하는 바닥에 내려섰다. 순간적으로 황대구의 바로 앞에 다가선 것이다.

움찔!

황대구가 다시 몸을 가볍게 떨어보였다.

항상 이렇다.

제갈유하와 자리를 함께할 때마다 그의 온화한 얼굴 이면에 깃들어 있는 차가움을 느끼곤 한다. 세상의 어떤 것이든 제 마음대로 이용하고, 버려 버릴 수 있는 독심(毒心)이 가슴으로 스며들었다.

잠시뿐이다.

곧 황대구가 언제 몸을 떨었냐는 듯 입가에 후덕한 미소를 담뿍 머금은 채 제갈유하에게 허리를 굽실거렸다. 말투 역시 아주 공손해졌다.

"역시 호검관주에게 관심을 느끼신 것일 테지요?"

"호검관주는 쓸 만한 사람이지."

"그렇습니다. 그러니까……."

"하지만 그런 후배 때문에 몇 차례나 움직일 만큼 노부가 한가한 사람은 아니라네."

"……물론이지요! 천하의 정천맹주님께서 얼마나 공사다망(公私多忙) 하신지는 본왕이 가장 잘 알고 있습니다!"

"……."

첫 대면 이후 꾸준히 아부의 강도를 높여 가는 황대구를 제갈유하가 냉엄하게 바라봤다.

흡사 미륵(彌勒) 같은 얼굴이다.

아니, 그보다는 포대화상이라 함이 옳을 터였다. 머리카락 한 올 보이지 않는 민대머리에 푸근한 웃는 인상, 육덕진 몸매는 분명 그렇게 보였다.

'그러고 보니 포대화상은 본래 관제(關帝)와 더불어 재신(財神)이라 불리곤 했지? 이자의 얼굴이 그와 같으니 천하 삼대 거상이 된 것일지도 모르겠구나!'

보면 볼수록 그럴듯하단 생각이 든다. 황금을 산처럼 쌓아 준다한들 눈앞의 황대구 같은 몸매와 얼굴은 가지고 싶지 않았지만 말이다.

괜한 생각이다.

곧 머릿속에서 포대화상과 황대구을 잇는 관상학(觀相學)에 관한 생각을 지워 버린 제갈유하가 말했다.

"근래 북경의 창위 쪽에서 정천맹에 몇 가지 압력을 가해 왔네. 아마 팽가와 북경거상회가 관련되어 있을 테지."

"저런 그건 큰일이로군요!"

"큰일이지. 화악상단이 독점하고 있던 정천맹과의 물품 거래에 딴지를 걸고 나섰으니 말일세. 한데 재밌는 점은 딱히 북경거상회에게 한몫을 넘기란 게 아니라는 걸세."

"그건 어쩌면 당연한 일이지 않겠습니까?"

"당연한 일이다?"

"그렇습니다. 과거 화악상단의 주인 격인 화산파와 북경거상회의 가장 큰 대주주(大株主)인 팽가는 꽤나 크게 싸운

적이 있습니다. 아마 소금전매권 때문이었을 겁니다."

"그렇군. 그런 일이 있었던 것 같기도 해."

"아주 큰일이었습니다. 어찌 됐든 상계에서 소금전매권이란 건 엄청난 이권(利權)이 담긴 일이니까요. 뭐, 어찌 됐든 두 상단의 그로 인해 대판 싸웠고, 승자는 화산파의 화악상단이었습니다."

"북경거상회와 팽가에서는 원한이 골수에 맺힐 수밖에 없었겠구만?"

"그렇겠지요. 그리고 힘이 생긴 이상 원한을 갚고 싶었을 겁니다. 당금 창위의 권력자 중 한 명인 금의위 대영반은 팽가의 기린아(麒麟兒) 패천마도 팽무결이지요."

"그 이름을 노부도 들어본 적이 있다네. 팽가에서 나온 역대 급의 인재라고 했지 아마?"

"그렇다고 본왕도 들었습니다."

"그러니 그 패천마도 팽무결이란 아이는 선대의 복수를 위해 정천맹에 대한 화악상단의 독점권을 문제 삼은 것이겠구만?"

"그렇게 생각하는 편이 합리적일 거라 사료됩니다."

"그렇군."

천천히 고개를 끄덕여 보인 제갈유하가 갑자기 화제를 돌렸다.

"근래 황금귀상련에서 소금 장사에 신경을 쓰고 있다지?"

"안휘성같이 작고 궁벽한 곳에서 살짝 쓸 만한 후진을 양성하고 있는 정도에 불과합니다."

"소금밀매는 본래 그렇게 시작하는 법이지. 황금왕, 당금 황조에서 가장 싫어하는 게 세금조차 내지 않고 몰래 소금을 밀매하는 거란 걸 아시는가?"

"그야……."

"아! 굳이 대답할 필요는 없네. 그런 복잡한 상계와 관부의 문제 같은 것에 신경 쓸 만큼 노부는 한가하지 않으니까. 하지만 화산파의 늙은 검노(劍老)는 노부의 몇 없는 친우라네. 그가 만약 이번 일에 대해 항의를 해 온다면 꽤나 일이 성가셔질 걸세. 그리고 노부는 그런 일이 벌어지는 걸 무척 싫어한다네."

"……황금귀상련에서 뭘 하면 되겠습니까?"

"뻔하지 않은가?"

'뻔하다고?'

실눈이 살짝 커진 황대구에게 제갈유하가 청수한 얼굴에 묘한 표정을 지어 보였다.

"황금으로 백만 냥만 내게."

"배, 백만 냥이라고 하셨습니까?"

"그래, 백만 냥일세. 그 정도는 되어야 북경거상회에게 포섭된 미신(美神)의 마음을 돌릴 수 있지 않겠는가?"

'망할! 거기까지 벌써 눈치를 챈 것인가!'

황대구가 내심 욕설을 터뜨렸다.

— 미신 당세령!

당대 정파의 삼신 중 일좌이자 정천맹의 약왕당(藥王堂) 당주로써 천하제일미(天下第一美)이자 천하제일신의(天下第一神醫)였다.

그녀가 명성을 떨친 건 고작 칠 년 전!

신마혈맹과의 혈전의 나날 중 당세령은 무수히 많은 정파의 정영들을 구해냈고, 마인들을 독살시켰다. 최고의 의원이기 이전에 사천당가가 낳은 최강의 절대독종(絕對毒宗)이 그녀 당세령이였기 때문이다.

관세음보살(觀世音菩薩)의 재림!

분명 정파에서는 한때 그녀 당세령에 대한 열광적인 분위기가 존재했다. 천하제일미녀라 불리는 절대적인 미모와 엄청난 독공과 의학을 동시에 지닌 그녀에게 매료되지 않을 남자는 거의 없다고 봐도 무방할 터였다.

하지만 곧 열광적인 추종자들은 하나, 둘 흩어졌다.

그녀의 곁을 떠나갔다.

도저히 그녀 당세령의 무시무시한 낭비벽을 감당할 수 없었기 때문이다.

그렇다.

미신이란 무림사(武林史)에 길이 남을 무림명을 부여받은 당세령에겐 치명적인 문제가 있었다. 상상을 불허할 정도로 많은 돈을 끊임없이 남자들에게 요구한다는 점이었다. 무수히 많던 추종자들을 몇 년 안 돼서 모조리 파산시켜 버렸을 만큼 말이다.

물론 정당한 이유는 있었다.

당세령은 자신의 미모에 반해 모여든 추종자들에게 거두어들인 돈으로 정천맹의 약왕당을 만들었다. 최상의 의료시설과 영약들을 중원에서 있는 대로 긁어모아서 의학을 연구하고, 수많은 정영들의 목숨을 구해냈다.

뿐만 아니다.

그녀는 정천맹의 약왕당 분점을 중원 곳곳에 내고, 무수히 많은 환자들의 병을 치료하는데 아낌없이 돈을 썼다. 한때 그녀로 인해 정천맹의 재정이 휘청거렸을 만큼 돈을 쓰는데 전혀 거리낌이 없었다.

그러다 결국 사단이 났다.

몇 년 전 정천맹의 재정을 책임지고 있던 화악상단이 당세령으로 인해 거의 파산 직전에 몰렸다. 그녀의 요구가 나날이 도를 더해갔기 때문이다.

그때 화산에서 내려와 당세령과 독대를 한 것이 바로 매화검신 유원종이였다. 그는 그녀에게 매료되어 약왕당에서 거의 살다시피 했던 화악상단의 후계자를 반쯤 죽을 만큼 팬 후 화산으로 데려갔다. 그렇게 함으로써 화악상단과 화산파의 동시 파산을 막아 냈다.

덕분에 당세령의 약왕당은 한동안 침체에 빠졌다.

돈줄이 말라서 많은 수의 환자를 구하지 못했고, 중원 도처의 분원 중 상당수가 문을 닫아야만 했다.

당연히 그때부터 당세령과 유원종의 사이는 견원지간(犬猿之間)이라 해도 과언이 아니게 되었다. 정천맹의 태상 직위도 겸직하고 있던 유원종이 당세령이 두려워 화산에서 내려오지 않게 되었다는 소문은 유명할 정도였다.

'흥! 하지만 나는 사실 매화검신을 화산에게 움직이게 한 당사자가 바로 정천맹주란 걸 알고 있다. 화악상단이 망하기 전에 정천맹의 돈줄이 먼저 마를 것을 두려워한 정천맹주가 친구 매화검신을 움직인 걸 말야. 그러면서도 미신 당세령에게 찔끔찔끔 돈을 던져 주며 그녀가 정천맹을 떠나지 못하게 했다지?'

황대구가 내심 냉소하며 제갈유하를 실눈으로 꼬나봤다.

눈이 살에 파묻혀서 이런 점은 좋다.

마음껏 째려봐도 상대방이 알아보지 못하니 말이다.

그렇게 생각을 정리한 황대구가 고뇌 어린 표정을 한 채 말했다.

"백만 냥은 큰돈입니다."

"아네. 아주 큰돈이지. 미신은 마음만 먹으면 단 하루 새에도 쓸 수 있겠지만 말야."

"덕분에 정천맹의 인기는 사상 최대입니다!"

"그래서 더 곤란한 거야. 제재를 가할 명분이 없거든."

오랜만에 제갈유하의 청수한 얼굴에 곤혹스러운 기색이 어렸다. 그의 인생에 미신 당세령만큼 큰 고뇌를 안겨준 인물은 없었다. 어떤 의미론 신마혈맹이 발호할 때조차 이렇게 곤란함을 느낀 적은 없었던 것 같다.

잠시뿐이다.

곧 제갈유하의 안색이 본래의 청수함을 회복했다.

"그러니 황금왕이 백만 냥을 내 주게. 그럼 화악상단이 독점하고 있던 무사의 의복, 피혁, 식량 부분의 일 할을 황금귀상련이 맡도록 해 주겠네."

"삼 할은 주셔야할 것 같습니다."

"이 할!"

제갈유하의 얼굴에 담긴 단호한 기색을 느낀 황대구가 얼른 정중하게 공수했다.

"삼가 맹주님의 명령에 따르겠습니다!"

"고맙군."

짤막한 한마디로 치사한 제갈유하가 더 이상 볼일 없다는 듯 신형을 돌려세우려다가 문득 생각난 듯 말했다.

"근데 신마혈맹의 잔당 말인데……."

"예?"

"……안휘성 쪽에 모여서 뭔가 작당모의(作黨謀議)를 한다는 얘기가 있더군. 만약 그곳에서 소금밀매를 하려거든 주의하는 편이 좋을 걸세. 그렇지 않아도 황금귀상련은 신마혈맹과 얽혔던 과거 전력이 있어서 쓸데없는 오해를 사기에 좋으니까 말일세."

"여부가 있겠습니까!"

황대구가 공수한 채 두툼한 배를 혹사시키며 있는 힘껏 허리를 숙여보였다.

— 정천맹주 제갈유하의 협박!

아주 잘 먹혔다.

삽시간에 등줄기로 식은땀이 줄줄 흘러내렸을 만큼.

슥!

그 사이 제갈유하가 나타날 때와 마찬가지로 무게가 느껴지지 않는 듯한 경공을 펼쳐 황대구의 앞에서 사라졌다. 고택의 담장을 훌쩍 뛰어넘어간 것이다.

"휴우! 그래도 미신의 행적은 아직 모르는 것 같아서 다행이로구나!"

황대구가 제갈유하가 사라진 걸 확인한 후 소매로 이마에 송골송골 맺힌 땀을 닦았다. 미신 당세령에 대한 아주 중요한 정보를 은연중 흘리며 말이다.

두리번! 두리번!

그래도 은근히 켕겼으리라!

대청 주변을 꼼꼼하게 살핀 황대구가 얼른 고택 안으로 들어갔다. 정천맹주 제갈유하에게 들통이 난 이상 황금귀상련의 안가(安家)인 이곳은 오늘부로 폐쇄가 결정되었다. 더 이상 머물 이유가 없었다.

* * *

구손과 함께 섭가장 앞에 도달한 적천경의 눈살이 가볍게 찌푸려졌다.

'선객(先客)이 있었던 건가?'

그의 확장된 기감!

어느새 섭가장 안으로 뛰어든다. 날아든다. 마음껏 날개를 펼친 채 섭가장의 내부를 온통 휘젓고 다닌다. 그 속에서 현재 벌어지고 있는 모든 일들을 하나도 빠짐없이 적천경에게 전달해 주고 있었다.

그래서 알았다.

현재 섭가장 안에서 벌어지고 있는 난장판을.

콰창! 콰창!

그때 섭가장 안에서 일반인이라도 알 수 있을 정도로 커다란 쇳소리가 연달아 일어났다.

"헉! 이거 안에서 큰 싸움이라도 일어난 게 아닌가?"

구손이 놀라 묻자 적천경이 태연하게 대답했다.

"선객이 있었던 것 같습니다."

"선객?"

"예."

대답과 함께 잠시 골똘히 생각에 잠겼던 적천경이 미미하게 고개를 끄덕여 보였다.

"아무래도 그들인 것 같군요."

"그들?"

"일단 안으로 들어갑시다!"

"헉!"

적천경이 다시 옆구리를 한 손으로 붙들자 구손이 헛바람을 깊이 들이마셨다.

이런 경험, 그로선 쉽지 않았다.

몇 차례 겪었다고 절대 익숙해지지도 않을 듯했다.

*　　　*　　　*

콰창!

황조경이 어장검을 휘둘러 세 번째 쌍두팔비 괴물을 두 토막 냈다.

"멋지다!"

환호성을 터뜨린 건 그녀의 뒤를 찰싹 달라붙어 따르던 나현이었다.

'사람이 비루해지는 것도 한순간이로구나!'

황조경이 나현을 돌아보며 내심 고개를 저어보였다.

얼마 전까지 그는 꽤나 그럴듯하게 행동했다.

그녀를 위해 칼도 대신 맞아주고, 기관에 의해 줄곧 달려드는 청동 무사와도 제법 잘 싸웠다. 조금씩이나마 그에 대한 평가가 바뀌는 확실한 계기가 되었다.

그러나 황조경이 어장검을 꺼내 들고 사람이 바뀌었다.

그녀가 어장검을 휘둘러 기관을 하나하나 깨뜨리자 어느새 그는 뒤로 조용히 물러나 있었다. 더 이상 앞장서려 하지 않으려는 건 물론이고, 아예 두 손을 놔 버렸다. 기관에 의해 달려드는 적들로부터 완전한 수수방관(袖手傍觀)을 선택한 것이다.

어쨌거나 황조경은 현재 주연이었다.

손에 든 어장검!

십만금밖에 안하는 검치고 제법 쓸 만했다.

섭가장에 뛰어든 후 엄청나게 많은 청동 무사와 괴물을 깨부쉈는데 칼날에 이 하나 나가지 않았다. 정말 안 챙겨왔으면 큰일 날 뻔했다.

그런 생각과 함께 황조경이 섭가장의 내원으로 뛰어들었다.

여태까지 앞을 가로막던 모든 기관을 어장검의 힘으로 박살낸 만큼 행동에 거침이 없다. 이젠 아무리 이상하고 무서운 기관이 나타나더라도 상관없을 것 같았다.

우르릉!

'아!'

성급한 판단이었다.

아주 많이 잘못된 생각이었다.

기관이란 건 꼭 정공법만 존재하는 게 아니었다. 의기양양한 사람의 허점을 찌르는 것도 존재했다. 바로 지금처럼 말이다.

"악!"

황조경이 비명과 함께 밑으로 쑥 떨어져 내렸다.

어쩔 수 없다.

방금 전까지 존재했던 청석길 중간이 무너지며 커다란 구멍이 나타났다. 그녀가 발을 내딛는 것과 동시에.

휘익!

그때 나현이 몸을 날려 황조경의 뒤를 따랐다. 줄곧 그녀의 뒤에 바짝 붙어 있었음을 감안해도 무척 기민한 행동이다. 판단력 역시 놀라웠다.

패앵!

황조경에게 신형을 날리는 것과 함께 그는 기룡신창을 벼락같이 벽에 박았다. 추락을 그렇게 잠시나마 막으려한 것이었다.

아니다.

단순히 그런 의도가 아니었다.

휘릭!

기룡신창을 구멍 안의 벽에 박은 것과 동시에 그의 다리가 창대를 휘어 감았다.

빙글!

그런 후 몸을 거꾸로 해 구멍 쪽으로 쭈욱 양팔을 뻗은 그의 손이 황조경의 뒷덜미를 낚아챘다.

즉, 설명은 길었으나 위의 모든 동작을 기관이 발동해 황조경이 구멍 안으로 떨어진 그 순간, 모두 펼친 것이다. 그렇게 아슬아슬하게 그녀를 구하는데 성공했다.

“나, 나 대협!”

“말은 나중에!”

나현이 냉정한 한마디로 황조경의 입을 다물게 한 후 내심 호흡을 가다듬었다. 갑자기 몇 가지 동작을 한꺼번에 펼치느라 진기가 흐트러졌다. 잠시나마 자신에게 여유를 주지 않는다면 내상을 입을 수도 있는 상황이었다.

게다가 한 가지 더!

‘이런 식의 기관의 변화는 분명히 눈으로 확인하고 움직이는 게 분명하다! 그렇지 않다면 어찌 이렇게 적재적소(適材適所)에서 기관이 발동할 수 있겠는가?’

이게 바로 나현이 한동안 황조경에게 기관의 파훼를 맡겼던 진짜 이유였다.

어딘가에서 자신들을 보고 있을 감시자!

그가 있는 위치를 한시 바삐 찾아내야만 섭가장에서 빠져나갈 수 있으리라 여긴 것이다.

그렇다.

그는 언젠가부터 섭가장을 무사히 빠져나가는 것만 생각했다. 적천경이나 구손 없이 뒤집기엔 섭가장의 기관진식의 규모가 그의 상상을 간단히 뛰어넘고 있었다. 이렇게 압도적인 기관진식은 북경의 금의위와 관련된 안가에서도 경험한 바가 없을 정도였다.

한데 그때 기룡신창에 의지해 암흑의 공간에 대롱대롱 매달려 있던 나현의 눈에서 신광이 번뜩였다.

'다른 침입자다!'

귀가 번쩍 뜨이는 것 같다. 함정에 빠진 나현과 황조경 외에 또 다른 침입자가 섭가장에 들어왔음을 파악했기 때문이다.

그리고 그들이 누군지 대충 짐작이 간다.

무당산에서 얻은 결의형제!

점 꽤나 보는 도사 동생과 무뚝뚝하나 검 하나는 귀신같이 사용하는 막내 동생이 온 게 틀림없다. 어쩌면 자신들을 구하기 위해 달려왔을 터였다.

"황 소저, 조금만 참으시오! 적 아우와 구손 아우가 우릴 구하려고 온 것 같으니까!"

"정말 그렇게 생각하세요?"

"물론이오!"

단호하게 대답한 나현이 조금 자신 없는 목소리로 첨언했다.

"나 혼자였으면 모르겠지만, 황 소저가 있으니까 분명 아우들이 달려왔을 것이오. 특히 적 아우는 그럴 것이오! 그녀석에게 황 소저는 특별한 사람이니까!"

"……."

침묵을 지킨 채 황조경이 살짝 상기된 표정으로 내심 중얼거렸다.

'나 대협, 좋은 사람이잖아!'

섭가장에 뛰어든 이래, 자신을 몇 차례나 구해 줬을 때보다 더욱 나현에 호감이 깊어진 황조경이었다.

*　　*　　*

서걱!

적천경의 멸천뇌운검이 사선을 그리자 앞을 가로막고 있던 강철벽에 균열이 생겼다.

쩌적!

그 뒤에는 요란한 소음과 함께하는 붕괴다.

멸천뇌운검으로 펼친 사일단심의 일격에 베어진 강철벽이 스스로의 무게로 인해 무너져 내렸다.

극히 자연스러운 현상!

그러나 적천경에 서 있던 구손의 얼굴에는 감탄의 기색이 가득했다.

그는 적천경과 섭가장의 담을 뛰어넘은 후 곧바로 기관진식의 운영 원리를 파악했다. 무당파의 대천강진세와 비교한다면 두어 수 아래란 평가도 내렸다.

그 후엔 일사천리(一瀉千里)였다.

구손에게 설명을 들은 적천경은 단숨에 기관진식이 핵심이라 할 수 있는 통제실로 향했다. 그곳을 먼저 깨뜨리는 게 최선이란 판단을 내린 것이다.

그리고 도착한 눈앞의 별원!

평범한 외양과 달리 사면의 벽이 모두 강철로 되어있는 이곳이야말로 섭가장 기관진식의 핵심이었다. 이곳만 부숴버리면 모든 기관진식이 무용지물로 변할 터였다.

"과연!"

적천경이 강철벽이 무너져 내리며 모습을 드러낸 광경을 보고 고개를 끄덕여 보였다.

얼핏 보이는 복잡한 기관!

그 앞에 넋을 놓고 서 있는 작고 왜소한 체격의 늙은이!

모든 것이 적천경의 판단이 옳았음을 말한다. 이곳이 기관의 핵심부임은 굳이 확인 작업이 필요치 않을 터였다.

스파앗!

적천경의 멸천뇌운검이 기관진식의 책임자가 분명한 늙은이를 향해 쏘듯이 날아갔다. 일단 그를 제압한 후 다음 행동을 결정하려 한 것이다.

아니다.

그는 눈앞의 늙은이를 제압할 수 없었다.

"크헉!"

갑자기 배후에서 들려온 고통스러운 비명성이 적천경의 움직임을 제지했다.

'구손 형님?'

빙글!

늙은이를 바로 앞에 둔 채 발끝으로 지축을 찍듯이 밟은 적천경의 신형이 순식간에 방향을 바꿨다.

당연히 그것만으로 끝일 리 없다.

스으 — 팟!

재차 발끝이 지축을 찍자 그의 신형의 고무줄처럼 쭈욱 늘어났다.

일보축지다!

적천경은 전력으로 구손에게 달려갔다. 그를 보호하기 위함이었다.

그러나 한발 늦었달까?

"끄르륵!"

입에 게거품을 문 채 구손은 바닥에 쓰러져 있었다. 필시 극독에 당한 게 분명하다.

'어떤 독이 이렇게 빠르고 독하단 말인가!'

내심 경계심을 품은 적천경이 멸천뇌운검으로 검막(劍幕)을 형성해 자신을 보호한 채 말했다.

"본인은 호검관의 적천경이오! 고인(高人)은 모습을 드러내길 바라오!"

"호검관주? 당신이 정말 호검관주인 건가요?"

'여인?'

적천경의 눈매가 가늘어졌다. 멀지 않은 곳에서 들려온 목소리의 주인이 묘령의 여인이었기 때문이다.

아니다.

단지 그것뿐만이 아니었다.

'아름답군…….'

적천경은 어느새 자신의 바로 앞에 도달한 백의궁장 차림의 미녀를 보고 자신도 모르게 도취되었다.

절대적인 미녀!

단언컨대 평생 동안 본 미녀 중 최고의 아름다움을 지닌 여인이라는 생각이 들었다. 일시 넋이 빠져서 머릿속이 텅 비어버릴 정도로 말이다.

〈다음 권에 계속〉

魔劍王
마검왕
나민채 퓨전무협 장편소설
FUSION ORIENTAL FANTASY STORY
『죽지 않는 무림지존』, 『천지를 먹다』
베스트 셀러 작가 나민채의 스펙터클한 퓨전 무협
『마검왕』을 가장 빠르게 보는 방법!
Dream Books
'스마트폰으로 접속!'
KakaoPage 마검왕을 제일 먼저 만나보세요!
dream books
드림북스

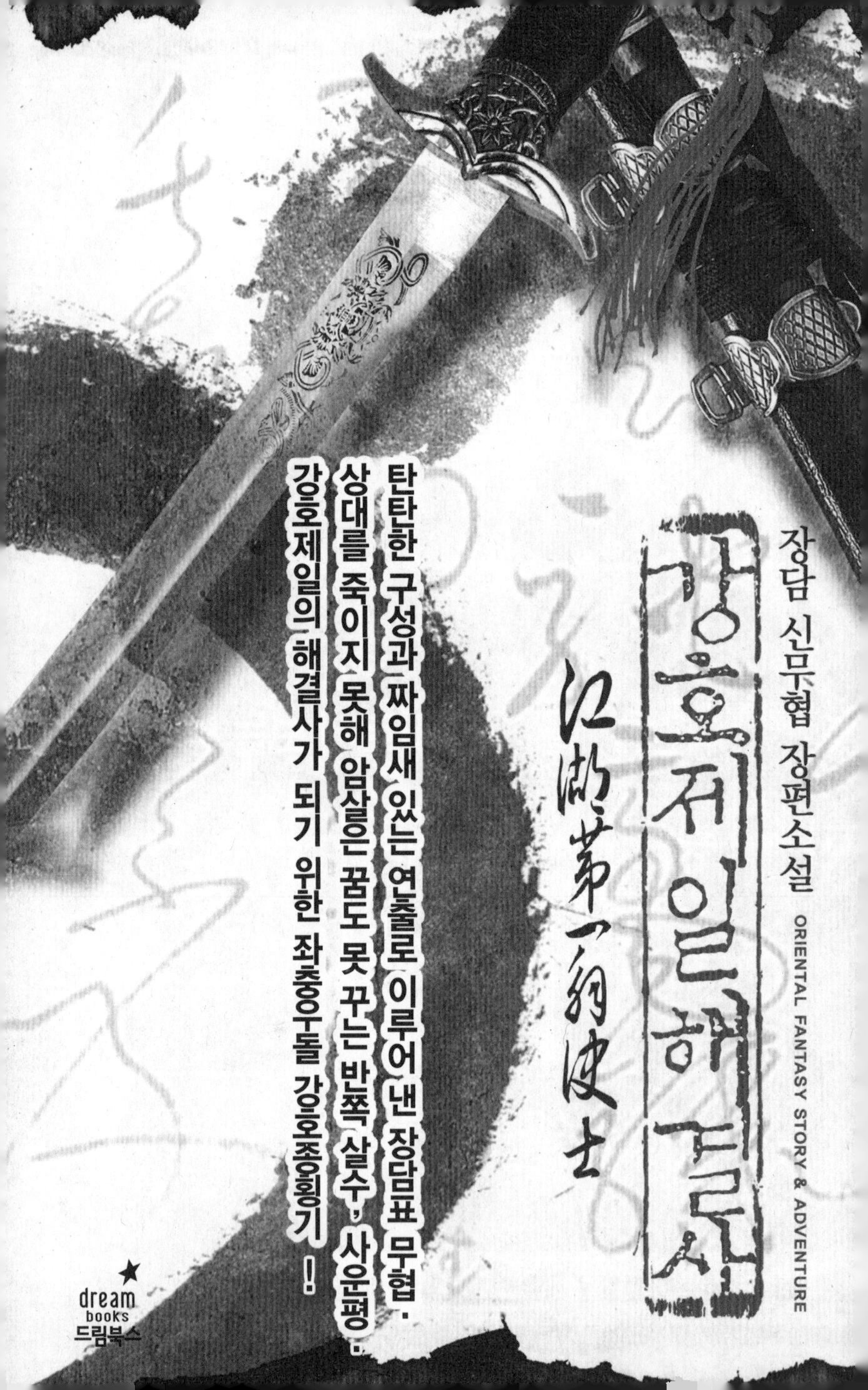

장담 신무협 장편소설
ORIENTAL FANTASY STORY & ADVENTURE
강호제일해결사
江湖第一解決士
탄탄한 구성과 짜임새 있는 연출로 이루어 낸 장담표 무협.
상대를 죽이지 못해 암살은 꿈도 못 꾸는 반쪽 살수, 사운평.
강호제일의 해결사가 되기 위한 좌충우돌 강호종횡기!
dream books
드림북스

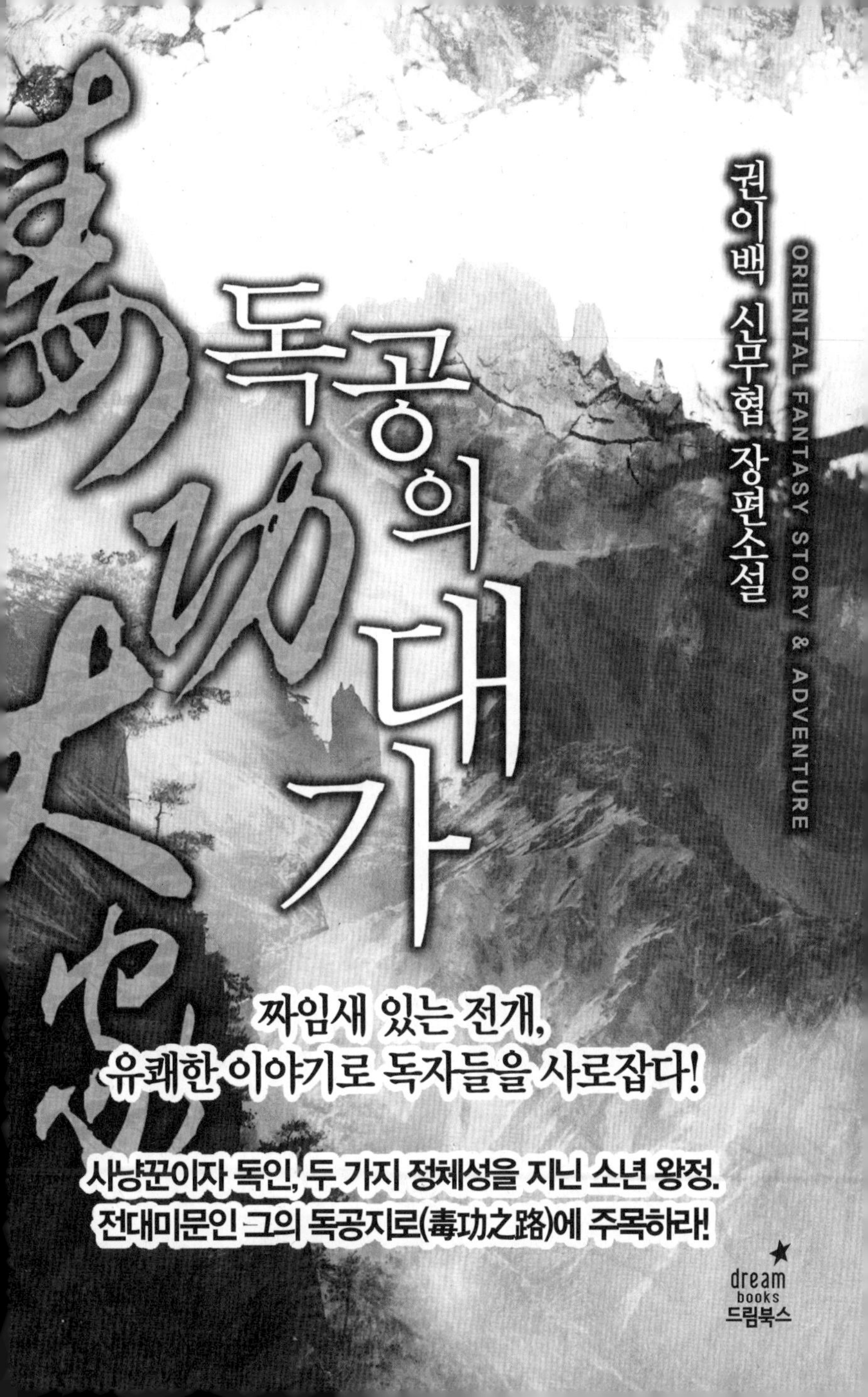
권이백 신무협 장편소설
ORIENTAL FANTASY STORY & ADVENTURE
독공의 대가
짜임새 있는 전개,
유쾌한 이야기로 독자들을 사로잡다!
사냥꾼이자 독인, 두 가지 정체성을 지닌 소년 왕정.
전대미문인 그의 독공지로(毒功之路)에 주목하라!
dream
books
드림북스

사도연 신무협 장편소설
ORIENTAL FANTASY STORY & ADVENTURE
용을 삼킨 검
『천마본기』의 작가!
사도연 신무협 장편소설!
"우리 성아는 커서 뭐가 되고 싶니?"
"영웅! 세상을 구하고 누나도 지키는 멋있는 영웅!"
하지만…… 세상은 나를 영웅이 아닌 악마로 만들었다.
dream books
드림북스